T0018180

VAMPIROS, CANÍBALES

Y

PAYASOS ASESINOS

ESTEBAN CRUZ NIÑO

VAMPIROS, CANÍBALES Y PAYASOS ASESINOS

b

Penguin
Random House
Grupo Editorial

Título: *Vampiros, caníbales y payasos asesinos*
Primera edición en B de bolsillo: octubre, 2023

© 2016, Esteban Cruz Niño
© 2023, de la presente edición en castellano para todo el mundo:
Penguin Random House Grupo Editorial, S. A. S.
Cra 7 # 75 – 51, piso 7, Bogotá – Colombia
PBX: (57-1) 743-0700

Diseño de cubierta e interiores: Penguin Random House Grupo Editorial /
Juan Camilo Ortiz Alfonso
Créditos imágenes de cubierta
Marco: © Christine_Kphler, Getty Images
Calavera: © Paseven / Freepik
Payaso: © Maodesign, Getty Images
Caníbal: © Powerofforever, Getty Images
Murciélago: © Banphote / Freepik
Daga: © Croisy / Freepik

Impreso en Colombia - *Printed in Colombia*

ISBN: 978-958-5566-50-7

Compuesto en caracteres Bembo Std

Impreso por Editorial Nomos, S.A.

Para ti, que buscas abrir la puerta del misterio,
estés donde estés.

CONTENIDO

PRÓLOGO

Vampiros, caníbales y payasos asesinos. Monstruos. Sedientos de sangre y muerte. Acechan en las noches y la oscuridad, se agazapan en rincones perdidos a la espera de sus presas. Desde el inicio de los tiempos han causado esa fascinación en la humanidad que hace que los busquemos tanto en la realidad —por ejemplo, en los famosos circos de fenómenos— como en la ficción, a través de mitos, leyendas, libros, cómics, películas y series.

¿Pero existen verdaderamente? Podríamos decir que cada una de estas criaturas tiene un origen histórico. Datando de diferentes periodos y lugares, la mayoría son una explicación a fenómenos que en su momento eran incomprensibles; otros tienen que ver con rituales que pretendían hacer trascender al ser humano ordinario, buscando poderes místicos, la inmortalidad y la belleza eterna.

Sin embargo, el peor monstruo de todos sigue siendo el ser humano. Muchos de estos seres son de carne y hueso, como ustedes o como yo. Personas que se escudaban en estos mitos para justificar su sed de sangre y muerte. Podríamos decir que su verdadera cara es la monstruosa y su máscara es la de personas del común, que muchas veces fingen ser seres bondadosos y caritativos para ganarse la confianza de sus víctimas.

En nuestro país, nadie como Esteban Cruz ha indagado sobre esta oscura faceta del ser humano. Lo hizo en su libro *Los monstruos en Colombia sí existen*, donde analiza la psiquis de los peores asesinos en serie que han asolado nuestra nación, y en *El libro negro de la brujería en Colombia*, donde se sumerge en este tema que permea la sociedad en todas sus capas. Y también lo hace en este libro que van a tener el placer de leer.

Pero en esta ocasión, a diferencia de la mayoría de sus libros, iremos un poco más lejos del territorio nacional, pues esta investigación nos llevará a lo largo y ancho del mundo; veremos casos de tribus en África, pasaremos por India y llegaremos a terribles crímenes ocurridos en Estados Unidos.

Esteban nos cuenta, con la maestría que lo caracteriza, la historia de estos seres. Nos muestra sus orígenes, muchos de ellos de varios siglos antes de Cristo, la concepción que se tenía de ellos en la sociedad, los ritos que tenían y la adoración que causaron en sus civilizaciones hasta llegar a la actualidad, a los terribles asesinatos que varios psicópatas han perpetrado bajo el manto de estas creencias.

¿Qué podrán encontrar en este libro? Como su título lo indica, primero nos encontraremos con los vampiros, cuya leyenda no comienza con Drácula, como más de uno podría pensar, sino que se remonta varios siglos atrás, a civilizaciones muy antiguas y supersticiones que evidenciaban el miedo que sentían personas de que sus muertos regresaran de la tumba para causar terror. Conoceremos casos de asesinos que han hecho suya la frase del título del relato de Francis Marion Crawford, *Porque la sangre es vida*, y que a través del preciado líquido buscan los secretos de la inmortalidad y la juventud eterna.

De allí pasamos a los caníbales, donde el autor analiza los orígenes de las personas que consumen carne humana. Para ello hace una diferenciación entre quienes lo hacen como un rito, los que lo han hecho en caso de extrema necesidad para no morir de hambre, y aquellos psicópatas que encontraban un placer enfermizo en asesinar personas para devorarlas, como el caso del tristemente célebre Jeffrey Dahmer, que ha sido llevado a la pantalla en la miniserie que lanzó con éxito Netflix.

Podríamos considerar que los payasos son un fenómeno relativamente nuevo; se originaron hace algunos siglos y fueron concebidos como personajes destinados a divertir, primero a las cortes de los reyes y luego a los niños. Sin embargo, esto lentamente ha ido degenerando en los payasos asesinos; los hemos visto en libros como *IT* (con sus consecuentes adaptaciones) y películas como *Terrifier*, y los vemos en la vida real, en asesinos que, aprovechando la ingenuidad de sus víctimas, tiñen de sangre y terror su apariencia tierna y graciosa.

Y, para terminar, hay un capítulo extenso dedicado a los magos y hechiceros, donde se analizan casos de personajes que buscaron alcanzar conocimientos prohibidos —y para muchos sacrílegos— a través de pactos demoníacos y místicos, rituales y muerte.

Antes de que se sumerjan en las páginas de este maravilloso libro de Esteban Cruz, solo me queda por decirles que este texto no busca exaltar a estos personajes enfermos y malvados, sino dejar constancia de la maldad humana que ha existido desde los albores de la humanidad hasta el día de hoy, y que nos sirve como advertencia para que estemos siempre atentos a nuestro alrededor, porque estos vampiros, caníbales, payasos asesinos y hechiceros, estos monstruos con piel humana, podrían estar mucho más cerca de lo que nos imaginamos.

Octubre de 2023
Tulio Fernández Mendoza

ANTES DE COMENZAR

*Todos los monstruos son malos, pero los monstruos que
no se mueven ni hablan como monstruos son los peores de todos.*
Matthew Dicks

Corría la noche del 17 de marzo de 2015, cuando participaba en un programa radial junto con Daniel Traspalacios en el que dialogábamos acerca del canibalismo y se nos ocurrió la idea de decirles a los oyentes que llamaran y contaran si habían comido carne humana en algún momento de sus vidas, pues estábamos seguros de que casi nadie en Colombia podía haber vivido tal experiencia. Sin embargo, el panel que monitoreaba las llamadas empezó a resplandecer de manera desenfrenada; significaba que docenas de personas estaban intentando comunicarse para narrar su historia. Seleccionamos una llamada al azar y pudimos escuchar la voz de un hombre que no quiso identificarse y que había pasado la tarde en la casa de un amigo tomando cerveza y escuchando reguetón, hasta que decidió entrar en la cocina para buscar otra bebida.

Fue en ese momento que, según su testimonio, su vida se partió en dos, pues al abrir la nevera se encontró un brazo humano en el congelador, que estaba totalmente rígido y tenía varias abrasiones en forma de muescas a lo largo del codo, como si alguien le hubiese desprendido largas tiras de piel con motivos desconocidos. Aterrado, se alejó de la nevera e intentó caminar hasta la sala, pero tropezó con la figura de su compañero, que lo había estado vigilando.

Sus manos temblaban y su pulso cardíaco se aceleró, mientras su amigo fijaba su miraba en él como si intentara destruir su mente con alguna clase de poder sobrenatural. Buscó un espacio por el cual poder escapar, pero la entrada de la cocina era estrecha y estaba formada por una gruesa pared de concreto que no tenía ventanas. Un fuerte dolor se apoderó de su pecho, se mordió los labios e intentó gritar, pero le ganaron las lágrimas y rogó por su vida.

Al ver el espectáculo, el dueño de la nevera se acercó, lo abrazó y lo tranquilizó, asegurándole que no le iba a pasar nada si no le contaba a nadie su horroroso secreto: "Es algo que me gusta, porque la carne humana sabe bueno y lo hago desde hace mucho rato". Se marchó de la residencia para nunca más volver, hasta que después de varios años relató su historia anónimamente a través de la radio.

Intenté preguntarle por el lugar de Colombia en el cual había sucedido el hecho, pero colgó y me sentí consternado. Gran parte de los casos que se habían presentado durante el programa eran de asesinos como Jeffrey Damher, el "carnicero de Milwaukee", y Karl Denke, el "carnicero de Silesia".

Siguieron entrando llamadas de personas que afirmaban haberse encontrado con restos humanos entre piquetes de fritanga y tamales; ancianos que consumían pedazos de sus familiares durante su velación como una forma de rito; soldados y guerrilleros que devoraban a sus enemigos como una táctica de guerra. Historias que pueden ser cuestionables, pero que ponían en evidencia que muchas de las más horrendas manifestaciones humanas continúan vigentes. En ese momento decidí que debía escribir este libro y me interné en la biblioteca de la Universidad del Rosario de Bogotá, donde encontré cientos de casos acerca de caníbales y monstruos míticos, entre los que sobresalían los vampiros y los hechiceros.

Fue durante este tiempo que empecé a dialogar con Angie Carolina Rodríguez, Lorena Lozada y Andrea Benavides, quienes me proporcionaron un breve momento de luz en medio de los extensos periodos de oscuridad que suelo experimentar a lo largo de mi vida. Su amistad, reparadora y sincera, me llevó a ensanchar la mirada y descubrir que existía un cosmos de representaciones míticas que iba más allá de mis primeras suposiciones.

Fue así como me interné en los miedos más profundos de la humanidad, en la brujería, los seres demoníacos y los payasos, y encontré casos históricos que retan a la imaginación y que nos llevan a afirmar que estos monstruos logran traspasar la ficción para convertirse en seres reales ligados al crimen y el dolor.

EL UMBRAL DE LOS MONSTRUOS

Muchos de mis colegas antropólogos e historiadores han explicado a la mitología como una forma de expresión humana que intenta reflejar las contradicciones de la vida social en dioses, deidades y seres imposibles. Estoy seguro de que existe una variante más, que está ligada con la experiencia de cada uno de los sujetos que conviven en el interior de la sociedad.

Esto es, sin complicar mucho la cosa, que este tipo de criaturas también obedecen a nuestra necesidad de entender las acciones malignas de otros seres humanos. Acciones crueles y despiadadas como las de Charles Manson o Luis Alfonso Garavito, a quienes los medios han dejado de representar como hombres, para retratarlos como monstruos. Como yo mismo hice en mi libro *Los monstruos en Colombia sí existen*.

Algunos de los asesinos en serie más brutales de la historia se han convertido por obra y gracia del lenguaje en "demonios", "sátiros" o "vampiros", creando una conexión entre su existencia formal y la leyenda. Lo que resulta contraproducente pues borra la identidad de sus víctimas transformándolas en cifras, causando que las sociedades no estén conscientes de su existencia, y descuiden sus sistemas judiciales, como es el caso de Colombia y Ecuador, donde estos criminales pueden regresar a la calle después de veinte años de cárcel, a pesar de que la mayoría de estudios sostienen que es casi seguro que volverán a matar.

Este fue el caso de Pedro Alonso López, llamado el "monstruo de los Andes", y que mató a más de trescientas niñas en Perú, Colombia y Ecuador y que, a pesar de ser considerado uno de los peores asesinos en serie de la historia de la humanidad, fue dejado en libertad en 1998, por un juzgado de una pequeña población, sin que se tenga certeza de su paradero.

Creo que gran parte de los monstruos que hemos creado a través de los tiempos son la forma en que asimilamos casos como el "monstruo de los Andes", lo que se ve reflejado en la historia del príncipe Vlad Tepes y el personaje de Drácula, o las leyendas sobre vampiresas y la condesa Elizabeth Báthory, que parecen nutrirse entre sí, atrayéndonos y exponiendo el lado oscuro de cada uno de nosotros.

Sin embargo, este tipo de criaturas no son exclusivas del fenómeno de los asesinos en serie, pues sirvieron durante mucho tiempo de explicación a las enfermedades y las tragedias. Los griegos creían que existía una raza de seres en África que llamaron blemias, que tenían los ojos en los hombros y la boca en el tórax, y no tenían cabeza. Igualmente, algunos sabios medievales estaban convencidos de la existencia de los cinocéfalos, seres con cabeza de perro que habitaban en los confines de Europa, uno de los cuales fue considerado como santo por la cristiandad con el nombre de san Cristóbal.

De la misma manera se pensaba que en Oriente vivían los esciápodos o monóscelos, que eran criaturas que solo tenían una pierna y un pie gigantesco con los que atacaban a patadas a sus enemigos. Su nombre en español traduce, "sombrapié" y su existencia llegó a ser tan popular que el teólogo san Agustín escribió: "Afirman que hay una nación en que no tienen más que una pierna y que no doblan la rodilla y son de admirable velocidad, a los cuales llaman sciopodas".

Los conquistadores españoles que llegaron a América creyeron ver sirenas en las profundidades de los mares y los caudalosos ríos, como se describe en el mismísimo *Diario de Cristóbal Colón*, quien afirmó haber avistado tres sirenas, "no tan hermosas", el 9 de enero del año 1493 (al parecer se trataba de manatíes).

Fue tanta la mitificación de la monstruosidad durante la conquista que el nombre *Amazonas* proviene de la creencia en grupos de mujeres guerreras que odiaban a los hombres que tenía el conquistador Francisco de Orellana, quien aseguró haber visto a un grupo de jóvenes de pelo largo y un seno amputado que lo atacaron mientras buscaba la ciudad perdida de El Dorado en 1542.

Estas historias, atiborradas de criaturas extraordinarias, peligrosas y malignas, son el producto del conocimiento acumulado de miles de años, pues los primeros registros sobre las amazonas provienen de tiempos anteriores a los griegos, lo que conecta a Orellana con leyendas milenarias; también puede evidenciarse en los santos con cabeza de perro de la cristiandad y su relación con varias deidades ancestrales como el dios egipcio Anubis, el chacal sagrado que se escurre entre la noche para extraerles el corazón a los muertos y llevarlo ante los dioses.

Debido a este tipo de relaciones, los siguientes capítulos tienen una estructura similar; en un primer momento analizan la existencia histórica de las criaturas para luego analizar casos contemporáneos, para lo cual me valí de las diferentes herramientas históricas que he adquirido por mi profesión de historiador y antropólogo, aparte de las sugerencias del escritor Álvaro Vanegas, al que debo la sección sobre *It* y Pennywise.

Igualmente, utilicé diferentes tratados y artículos científicos sobre mitología que pueden consultarse al final del texto o que menciono durante los capítulos y que no reseñé con citas a pie de página para facilitar la lectura.

Estoy convencido de que estos monstruos y criaturas son el resultado de un proceso histórico; los vampiros, los payasos asesinos, los caníbales y los nigromantes son tan reales como usted y yo, y a pesar de que se han transformado en caricaturas que atiborran el cine, la televisión, la literatura y los videojuegos, en este momento deben estar planeando crímenes y barbaridades semejantes a las que contienen las siguientes páginas, así que adelante.

I
VAMPIROS

El 18 de marzo de 1892, casi todos los pobladores de Exeter, en el estado de Rhode Island, Estados Unidos, estaban en el cementerio. El granjero George Brown observaba cómo media docena de hombres excavaba, creando una montaña de tierra que se acumulaba en medio de las lápidas, mientras los primeros rayos de luz borraban la oscuridad. Poco a poco, empezaron a emerger los huesos de su esposa Mary y su pequeña hija Mary Olive, quienes habían muerto debido a una extraña enfermedad. Luego se sorprendieron al hallar el cuerpo intacto de Mercy Brown, de diecinueve años, con el cabello rizado y el rostro vívido. El médico Harold Metcalfe, quien supervisaba los trabajos, rompió sus mortajas, le extrajo el corazón y ordenó que la volvieran a enterrar. En la tarde cremó el órgano y se lo dio a beber a Edwin Brown, uno de los pocos miembros de la familia que quedaba con vida. Todo ello porque estaba convencido de que Mercy era una vampira que propagaba la tuberculosis por toda la región.

El caso de Mercy Brown representa uno de los últimos casos de vampirismo mítico en la época moderna y pasó a ser conocido como "La última vampira de

Nueva Inglaterra", llenando de curiosidad a periodistas e investigadores durante décadas.

En la actualidad, el cine, la televisión y los video-juegos, han transformado la imagen del vampiro, adjudicándole atributos como la belleza y la inmortalidad, enterrando las características ancestrales que los ligaban con la enfermedad y la desgracia.

Lo cierto es que están presentes en casi todas las culturas, simbolizando los anhelos y contrariedades de la humanidad, representando la maldad, encarnada en asesinos y torturadores que fueron vistos como criaturas demoníacas por su accionar despiadado. Asesinos como Peter Kürten, quien nació en una familia humilde de Mülheim, Alemania, en 1883 y cuyos crímenes lo llevaron a ser apodado "el vampiro de Düsseldorf".

Kürten fue un niño maltratado cuyo padre lo obligaba a observar cómo violaba a sus hermanas. Conforme fue creciendo, desarrolló un puñado de conductas antisociales; empezó ejecutando robos menores e incendiando casas abandonadas, para luego torturar animales y beber su sangre. Ya de adulto, apuñalaba muchachas en los bosques y practicaba la zoofilia.

Para el año de 1925, el "Vampiro" se había convertido en un asesino serial. Durante cinco años se encontraron varios cadáveres en los alrededores de la ciudad de Düsseldorf que poseían las mismas características: mujeres jóvenes, golpeadas, violadas, y cuya sangre había sido drenada.

Las acciones del asesino fueron tan escabrosas que causaron un gran impacto en la sociedad, sobre todo cuando se publicó que una de sus víctimas, Rosa Ohliger, de nueve años, había sido incinerada después de que la amarrara, la violara y le rociara gasolina. Finalmente, Kürten fue capturado en 1930 y se le acusó de nueve asesinatos, aunque algunos investigadores elevan ese número a una veintena, teniendo en cuenta la cantidad de mujeres desaparecidas y los casos sin resolver que ocurrieron mientras estuvo activo.

Durante su juicio, Kürten argumentó que su motivación era el placer que le proporcionaba beber la sangre de sus víctimas mientras las accedía. Fue condenado y sentenciado a muerte en la guillotina, luego de lo cual, se negó a apelar y solicitó que dejaran su cabeza cerca para "poder escuchar su sangre goteando sobre el suelo", luego de que lo decapitaran.

Casos como este, nos llevan a pensar que los vampiros están lejos de ser una fantasía y que sus leyendas pudieron estar influenciadas por las actuaciones de una docena de individuos que ayudaron a popularizar el mito.

No obstante, antes de internarnos en estos casos, debemos entender al vampiro como un arquetipo que ha acompañado a la humanidad desde tiempos inmemoriales, cautivando la imaginación y seduciendo a las masas.

¿QUÉ ES UN VAMPIRO?

La palabra *vampiro* proviene del francés *vampire*, que a su vez la tomó del alemán *vampir*. Aunque la mayoría de los lingüistas afirman que tiene origen eslavo (preferiblemente del centro de Europa), donde existen palabras como *wempti,* que en lituano significa "beber", o *upir* (Упирь), que en ruso antiguo significa "vampiro infecto" y que aparece nombrada por primera vez en un documento del siglo XI, que contenía una serie de textos religiosos transcritos para el príncipe Vladimir Yaroslavich de Nóvgorod.

Investigadores como el alemán Franz Miklošič, afirman que tuvo su origen en el turco antiguo, donde el vocablo *uber*, que significaba "bruja", sería la fuente de las expresiones *upior, uper* y *upyr,* que se utilizan para denominar a diferentes criaturas bebedoras de sangre de las que deriva el vampiro moderno.

Estas criaturas comparten ciertas características: la mayoría están malditas y, aunque muertas, escapan de sus tumbas para atacar a los vivos y succionar su sangre. Se transforman en animales (lobos, murciélagos, perros), huyen de la luz del sol, se debilitan cerca de las corrientes de agua, tienen fuerza sobrehumana, envejecen más lento o son inmortales, no se reflejan en los espejos (pues no poseen alma) y conocen de artes oscuras y hechicería. A pesar de que muchas de estas características se repiten, algunas cambian según la tradición. En ciertos países europeos, se pensaba que no podían entrar en una casa sin ser invitados —aunque una vez adentro, podían ingresar y salir a voluntad—, mientras en otras regiones se pensaba que podían ser repelidos mediante las hostias consagradas, el limón y el ajo.

Los primeros vampiros mitológicos están ligados a las civilizaciones más antiguas. Como la diosa Sejmet "La terrible" del antiguo Egipto (4000-525 a. C.), una de las hijas de Ra, quien le ordenó castigar a la humanidad por dejar de rendirle culto. Sin embargo, fue tal su ferocidad que desarrolló una compulsión por asesinar y beber la sangre de niños, asolando ciudades y campos, transformando al Nilo en un torrente de despojos.

Con el fin de detenerla, Ra le preparó un brebaje de color rojo que bebió pensando que era sangre, quedando curada para siempre. En los templos y murales, "La terrible" se representaba como una mujer con cabeza de león y un disco solar, y aunque se pensaba que atraía la enfermedad, era venerada como la patrona de los médicos.

Aunque su figura es relevante, hubo otro lugar donde prosperaron las leyendas sobre bebedores de sangre.

Arqueólogos e historiadores no dudan en señalar a Mesopotamia como uno de los territorios más ricos en leyendas y deidades vampíricas de todos los tiempos.

Entre los años 1000 y 3300 a. C., en cercanías al Tigris y el Éufrates, se creía en los *utukku*, una especie de espíritus que podían ser buenos o malos. Los utukku malvados eran llamados *edimmu* y algunos de ellos poseían características similares a los vampiros modernos.

Se creía que los edimmu eran almas de personas que habían muerto de forma prematura y se quedaban vagando por el mundo. Habitaban en parajes solitarios y atacaban a los viajeros alimentándose de su energía, eran invisibles y emergían de la oscuridad en dirección contraria al sol, o sea de occidente a oriente.

Aunque en las culturas mesopotámicas existen otras deidades superiores e inferiores como las antes mencionadas, el premio se lo lleva Lilith, quien para muchos es "La primera vampira".

A Lilith (לילית) la conocemos gracias a la tradición judía, aunque su origen se remonta a la antigua Sumeria. Según algunas escrituras, fue la primera esposa de Adán, a quien abandonó en el paraíso para irse con su amante Samael (un ángel caído), razón por la que fue castigada por Dios.

Otras tradiciones narran que Lilith se radicó en el mar Rojo antes de la creación de Eva, transformándose en un monstruo que raptaba niños y robaba semen a los hombres para engendrar a sus propios hijos: los *li-lim*, una especie de demonios femeninos que también fueron conocidos como *súcubos*.

El simbolismo de Lilith es importante para comprender a los vampiros, pues encarna al humano transformado en monstruo por desafiar a Dios y condenado a robar eternamente la vida a los hombres. Se representaba como una mujer de pelo largo y alas anchas que vivía entre monstruos y bestias.

Sin embargo, más allá de dioses y demonios, las mitologías nos proporcionan una gran cantidad de entidades que podemos considerar "vampíricas" como Lamia.

Según la mitología griega, Lamia era una reina de Libia amante de Zeus que, al ser descubierta por Hera (la esposa de Zeus), sufrió una terrible tragedia, pues la diosa le mutiló los párpados para que observara cómo asesinaba a sus hijos sin poder cerrar los ojos. Enloqueció y se dedicó a matar y beber la sangre de niños, siendo transformada en un monstruo con cuerpo de serpiente.

Pero Lamia no estaba sola, pues los griegos también creían en los *vrykolakas* o *brucolacos*, unos seres vampíricos que se originaban debido al incumplimiento de los rituales funerarios o por una muerte violenta —como el suicidio o el ahogamiento—, lo que causaba que el alma quedara atrapada en el cuerpo evitando su descomposición, ocasionando que el fallecido deseara retomar su vida atacando y robando energía a los vivos. Los *vrykolakas* surgían inmediatamente después del enterramiento, apareciendo en los lugares que frecuentaban en vida, causando enfermedades y en algunos casos la muerte.

Para luchar contra ellos, se abría la tumba para comprobar la situación de su cadáver —que permanecía generalmente incorrupto e hinchado—, luego se oficiaba una ceremonia religiosa, se le arrancaba el corazón y se cremaba junto con el resto del cuerpo. La creencia en este tipo de seres se mantuvo en el folclor helénico hasta hace poco y fue sincretizada por el cristianismo, cuyos sacerdotes incorporaron la realización de exorcismos para destruir este tipo de criaturas, lo que con el tiempo les proporcionó algunas de las características más conocidas del vampiro: su repulsión a la cruz, al agua bendita y los objetos religiosos.

Hasta aquí podemos concluir que la imagen del vampiro está presente en casi todas las culturas, aunque posee algunas variaciones, como el hecho de que se alimente de la energía o las vísceras en lugar de la sangre.

No obstante, todas estas características han sido sintetizadas por escritores y guionistas, dando forma al vampiro contemporáneo, que se caracteriza por poseer una existencia contradictoria, debatiéndose entre la vida y la muerte, la inmortalidad y la condena, la sabiduría y la maldad, el amor y la violencia.

Fueron algunos de estos mitos los que dieron forma a las criaturas que atiborran las carteleras de cine y las pantallas de televisión, transformándolas en personajes de ficción que se diferencian de los asesinos vampíricos que analizaremos más adelante en sus motivaciones y poderes paranormales. Por otro lado, antes de llegar allí, debemos estudiar cómo se originan y se destruyen, según las antiguas tradiciones.

CREACIÓN Y DESTRUCCIÓN DEL VAMPIRO

Todas las culturas señalan que los vampiros son el producto de una transformación. Según la mayoría de tradiciones, fueron dioses o humanos que quedaron malditos debido a sus propias acciones. Aunque en la actualidad se ha extendido la idea de que se reproducen al tomar sangre o ser mordidos por otros, existen otras formas de convertirse en un bebedor de sangre.

La condición más común es la muerte violenta, que parte de la idea de que somos seres duales, divididos entre un alma y un cuerpo. Al ser víctima de un asesinato, una enfermedad sorpresiva o el suicidio, la misión que tiene una persona sobre la tierra se interrumpe, por lo que su alma regresa al cadáver, reviviéndolo y obligándolo a beber sangre para mantenerse activo.

Algunos pueblos eslavos pensaban que los vampiros podían ser creados a partir de ciertas condiciones de nacimiento. Muchos consideraban que existían grandes posibilidades de ser maldecido si se era el séptimo o duodécimo hijo y todos los hermanos eran varones, si se nacía un Sábado Santo o se ingería parte del cordón umbilical durante el parto.

Otra de las causas que podrían llevar a la formación de los vampiros en las antiguas culturas europeas era el incumplimiento de los rituales funerarios. Al no realizarse una cremación o enterramiento adecuado, el alma quedaba atrapada entre el cuerpo, causándole confusión y creando al vampiro.

Debemos entender en este punto que los ritos mortuorios son muy importantes para algunas sociedades; los celtas enterraban a sus muertos de cabeza para evitar que volvieran a la vida, mientras que los griegos colocaban dos monedas sobre los ojos del difunto para que pudiera pagar su paso a la otra vida, pues según sus creencias, su alma debía cruzar el río Estigia para entrar en el Hades o reino de los muertos. Cometer un crimen o un sacrilegio también figura entre las causas: asesinar sacerdotes, quemar templos, acabar con la vida de hijos o padres.

Sin embargo, dentro de las tradiciones encontramos matices. Como el *dhampiro*, que en el folclor eslavo se consideraba una criatura híbrida, producto de la unión sexual entre un vampiro y una mortal. A diferencia de sus padres, los *dhampiros* pueden caminar de día y llevar una vida normal, aunque pueden ser seducidos por el consumo de sangre y la violencia. Generalmente eran vistos como cazadores de vampiros por sus habilidades sobrenaturales.

Pero no solo los *dhampiros* eran los encargados de destruir a los vampiros; existe una docena de procedimientos y mecanismos para acabar con los bebedores de sangre, aunque solo recordemos exponerlos ante la luz del sol y enterrarles una estaca en el corazón.

Hasta hace muy poco, la cremación del cadáver o el corazón era una de las formas más extendidas en la península helénica, así como rociar agua bendita sobre las tumbas para evitar que salieran en la noche.

Igualmente, en algunos pueblos de Europa Oriental se tenía la costumbre de utilizar las cenizas de los cadáveres para elaborar pócimas y antídotos que suministraban a sus familiares y víctimas, con el fin de curarlos.

Exhumar el cadáver era otra de las prácticas comunes. Bajo la supervisión de sacerdotes o predicadores, los cuerpos de los sospechosos eran desenterrados y llevados hasta nuevas tumbas —preferiblemente al interior de iglesias o templos—, donde se repetía el funeral, realizando un exorcismo o rociando agua caliente sobre los restos.

En los Cárpatos se acostumbraba a decapitar el cadáver, pues se pensaba que los vampiros dejaban de existir si se separaba la cabeza del cuerpo, incluso se dividía el esqueleto para dispersar sus restos en puntos distantes.

Por otro lado, la tradición de la estaca en el corazón parece ser originaria de Bulgaria y Macedonia. Los materiales con los que se elaboraba el arma son diversos, aunque el espino, el nogal y el hierro fueron los más utilizados.

Las huellas de estas tradiciones perduran hasta nuestros días. En el 2014, un grupo de arqueólogos liderados por Nikolay Ovcharov encontró un antiguo cementerio en la región de Perperikon, Bulgaria, que incluía el esqueleto de un hombre de principios del siglo XIII, que había sido enterrado con una estaca en el corazón.

Ovcharov declaró ante la agencia EFE, en el artículo "Descubren tumba de un nuevo 'vampiro' en un yacimiento medieval de Bulgaria", en octubre de 2014:

> Se trata de un rito pagano que se practicó incluso hasta finales del siglo XIX. Se atravesaba el pecho del difunto con un objeto metálico para que no volviera de entre los muertos convertido en un bebedor de sangre para torturar a los vivos. La superstición medieval era que el difunto era más vulnerable al vampirismo en los primeros 40 días después de su muerte, cuando su alma se encuentra entre la tierra y el cielo" (sic).

Cabe anotar que en este caso también se amputó la pierna derecha para que el cadáver no pudiera volver a levantarse.

Casi todas estas tradiciones ligadas a la creación y destrucción del vampiro ponen en evidencia un cosmos de creencias diseñadas para dar explicación a la realidad. Los asesinatos inexplicables, las epidemias y las enfermedades fulminantes, al no ser comprendidos, adquirían un espectro mágico. Los cadáveres incorruptos y momificados se transformaban en seres de la noche que ocupaban un espacio primordial en la cosmogonía de estos pueblos, siendo responsables de eventos catastróficos y horrendos.

Frontispicio del libro *Histoire des vampires et des spectres malfaisans: avec un examen du vampirisme.* © Berthe, 1820

Varney el vampiro (1845-1847).
© James Malcolm Rymer

Ilustración del libro *Carmilla*, de Sheridan le Fanu.
© David Henry Friston, 1872.

Algunas criaturas vampíricas en diferentes culturas

- El alp: especie de demonio de tradición germánica que chupaba la sangre de hombres y niños mordiendo sus pezones, aunque también se alimentaba de la leche de mujeres, vacas y ovejas.
- La estirge: criatura romana que absorbía la sangre de los niños tomando la forma de un insecto volador. Se le representaba como una mujer con el rostro totalmente desfigurado y el cabello largo.
- El adze: demonio africano originario de Togo que se alimentaba de sangre humana, leche de coco o aceite de palma. Podía transmutarse en luciérnaga y habitaba en los basureros; atacaba por lo general a los niños más pequeños.
- El baital: vampiro de origen indio con forma humana y rasgos de murciélago. De tamaño mediano (mide alrededor de medio metro), atacaba animales y personas sin distinción, asesinándolos para devorar sus vísceras y tomar su sangre.
- Zotz: dios maya y azteca con forma de murciélago que poseía largos colmillos. En algunas zonas de Mesoamérica era llamado Camazotz y era invocado para curar enfermedades físicas y espirituales.
- Strigoii: personas que, según la tradición rumana, murieron violentamente y salían de sus tumbas para

succionar la energía de los vivos. Regularmente visitaban a sus antiguos vecinos y los aterrorizaban.

- Los draugar: criaturas nórdicas también conocidas como el-blár ("muerte negra") o nár-fölr ("cadáver-pálido") que solían matar a los hombres para alimentarse de su carne y su sangre.

- Jiang Shi (殭à»): versión china de los vampiros (traducido al español "Jiang Shi" significa literalmente "cadáver rígido"); se forman cuando alguien muere de forma sorpresiva y violenta, tienen el cabello blanco y la piel verde. Aunque en la Antigüedad no se creía que tomaran sangre, en la actualidad se les adjudica esta característica.

CASOS DE VAMPIROS MÍTICOS

Aunque en la actualidad consideremos al vampiro como una criatura fantástica, para nuestros antepasados era una entidad oscura que se mantenía entre la vida y la muerte, asesinando animales, destruyendo las cosechas e irradiando pestes que devastaban poblados enteros.

Existen varios casos de este tipo de vampirismo que han sido documentados a través de la historia por militares, sacerdotes y médicos. Narraciones extraordinarias que representan la fuerza de la creencia de los pueblos en los que acontecieron los hechos. Se trata de vampiros míticos como Mercy Brown, "La última vampira de Nueva Inglaterra", con quien abrimos este capítulo, y que poseen características similares: atacan en zonas rurales habitadas por pequeñas comunidades con un alto nivel de analfabetismo y fanatismo religioso y que se encuentran invadidas por potencias extranjeras.

JURE GRANDO, "EL PRIMER VAMPIRO"

Jure Grando fue un campesino que murió por causas inexplicables en Kringa, Croacia, en septiembre de 1656, pero que fue visto deambulando entre los cultivos que rodeaban la aldea una semana después. Esta situación alertó a sus vecinos, quienes fueron hasta el cementerio y encontraron su tumba intacta, lo que generó el rumor de que se había convertido en vampiro, sembrando el pánico entre la población.

La importancia del caso radica en que fue el primero en ser registrado en documentos oficiales, lo que lo convirtió en uno de los más estudiados de la historia.

El explorador Johann Weikhard Valvasor, miembro de la Royal Society de Londres, describe en su libro *La gloria del Ducado de Craim* cómo su viuda se quejó ante el sacerdote de que Grando se le presentaba por la noche con la boca cubierta de sangre y abusaba sexualmente de ella.

En los días siguientes las apariciones se hicieron más frecuentes. En una de esas oportunidades, el cura lo encontró e intentó destruirlo entonando una serie de oraciones mientras sostenía un crucifijo, pero la criatura no se inmutó y siguió su camino. En otra oportunidad, varios hombres lograron capturarlo clavándole una estaca en el corazón y enterrándolo en las inmediaciones de un arroyo, pero el vampiro regresó haciendo que sus familiares se enfermaran y murieran en poco tiempo.

La pesadilla siguió hasta 1672, cuando un grupo de vecinos, encabezados por el párroco, desenterraron el cuerpo, pero este intentó defenderse, bramando y lanzándoles golpes hasta que un joven llamado Stipan Milasic logró cortarle la cabeza. En ese momento, una gran cantidad de sangre estalló en todas las direcciones, salpicó a los asistentes e inundó la fosa, que quedó convertida en una piscina escarlata.

Aunque estos hechos son fantasiosos e improbables, la masificación de su historia sirvió para que el público y docenas de escritores se familiarizaran con los vampiros. Para muchos estudiosos, Bram Stoker y John William Polidori habrían estado influenciados por su leyenda en el momento de crear sus obras. Así mismo, el premio nobel Herman Hesse reseñó su historia en varios escritos.

En la actualidad, el caso de Grando se ha convertido en un atractivo turístico. Centenares de visitantes llegan cada año a Istría para conocer su cementerio y alojarse en hoteles rurales que ofrecen suites temáticas y cocteles con nombres como: "Sangre de Grando", "orgasmo de vampiro" y "éxtasis infernal".

PETER PLOGOJOWITZ

Peter Plogojowitz fue un campesino que murió en septiembre de 1725, en la aldea de Kisiljevo (Serbia), y que, según la leyenda, regresó tres días después a su casa para hablar con su viuda, quien le entregó un par de zapatos y algo de comida, después de lo cual se despidió de sus hijos y se perdió en la noche.

Enseguida se desató una extraña enfermedad; diez personas fallecieron en medio de fiebres, nueve de las cuales afirmaron haberse encontrado con Plogojowitz antes de ser contagiadas, desatando el pánico entre los campesinos (en su mayoría analfabetos). Con el fin de controlar la situación, el Ejército austrohúngaro (que invadía el país) envió un pequeño destacamento que incluía oficiales médicos para intervenir ante cualquier disturbio. Al llegar, se encontraron con que la población se hallaba sumergida en una especie de histeria y que pronto se iniciarían una serie de rituales para destruir al Vampiry. Uno de los comandantes del grupo, de apellido Frombald, registró los acontecimientos en un informe enviado a sus superiores en la ciudad de Viena, informe descubierto por el investigador y profesor de la Sorbona Antoine Faivre, en los Archivos del Estado Austriaco en 1993.

Fechado el 31 de julio de 1725, el informe da cuenta de la participación del militar en rituales *post mortem*, y nos deja entrever las supersticiones que gobernaban la época:

Tras la muerte de un sujeto de nombre Peter Plogojowitz, diez semanas antes, y después de haber sido enterrado conforme a las costumbres de las gentes (…) se reveló que en el transcurso de una semana, nueve personas jóvenes y viejas, también habían fallecido tras sufrir una enfermedad de 24 horas. Y habían manifestado, mientras aún estaban con vida, (…) Y ya que estos seres (que ellos llaman Vampiry) muestran signos reconocibles como que su cuerpo no se descompone (…) resolvieron de modo unánime abrir su tumba (…). Con este objeto acudieron a mí para solicitar mi presencia y la del sacerdote local. Y a pesar de que en un principio expresé mi desaprobación me respondieron que yo podría hacer lo que quisiera, pero que si no recibían permiso para proceder al examen del cuerpo como era su costumbre, se verían obligados a dejar sus casas y hogares, ya que si tenían que esperar la autorización desde Belgrado todo el pueblo sería destruido. Puesto que no podía hacerles cambiar de opinión he decidido ir hasta el

pueblo de Kisilova y ver el cuerpo de Peter Plogojowitz que estaba recién desenterrado. No expelía el
hedor que es característico de los muertos y estaba
perfectamente fresco. El cabello y la barba le habían
crecido de nuevo, la piel se había desprendido y una
nueva había surgido. La cara, las manos y los pies
estaban bien conservados. No sin asombro observé
que había sangre fresca en su boca, la cual, según el
parecer de todos, había chupado de la gente a la que
le había dado muerte. Después, la gente (…) tomó
una estaca, y traspasarle el corazón fue causa de que
brotara mucha sangre fresca de sus orejas y boca. Por
último, siguiendo las costumbres, han quemado al
susodicho cuerpo.

Aunque el documento parece una prueba de la
existencia de los vampiros, hay muchas explicaciones
sobre lo sucedido; cabe anotar que el pelo y las uñas no
crecen después de la muerte, sino que la piel se retrae y
al mismo tiempo se deshidrata, haciéndolas parecer más
largas (pasa en casi todos los cadáveres); la enfermedad
que atacó la villa pudo ser cualquier tipo de epidemia,
y la sangre fresca pudo deberse a que Plogojowitz sufriera de catalepsia, un estado en el que los músculos se
retraen y el latido del corazón y la respiración pueden
hacerse casi imperceptibles, haciendo que los afectados
parezcan muertos.

ARNOLD PAOLE

Si los casos anteriores resultan inquietantes, lo sucedido con Arnold Paole les parecerá impresionante, pues su historia fue registrada y documentada por el Ejército Imperial Austriaco y es considerada como el registro vampírico más relevante de todos los tiempos.

Arnold fue un "hajduk" serbio (una especie de guerrillero nacionalista), que se instaló en los alrededores de la población de Medveja en 1725, contando que había sido atacado por un vampiro en un punto denominado Gossowa, al que habría logrado destruir después de seguirlo hasta su tumba, decapitarlo y tomar un brebaje compuesto por su sangre y tierra del sepulcro. Luego de lo cual sufrió una extraña afección que lo obligó a dejar las armas y retornar a las tierras de su familia.

Según el reporte oficial, Paole murió al caer de una carreta en la que cosechaba heno en 1726, fue velado y enterrado en el cementerio, pero fue visto un mes después en los alrededores de la villa por cuatro aldeanos que enfermaron y fallecieron súbitamente.

Luego de las muertes y de que una extraña enfermedad se expandiera por el pueblo, las autoridades abrieron su tumba y la de sus presuntas víctimas, y les clavaron una estaca en el corazón. Varios años después, en 1732, una epidemia asoló la región y la superstición volvió a señalar a Arnold Paole y a los vampiros como culpables.

Ante la situación, el Gobierno austriaco envió una comisión de médicos y militares encabezada por el doctor Johannes Flückinger, quien elaboró un informe titulado "Visum et Repertum" ("Visto y descubierto), que fue bastante popular en Europa y que extendió el término "vampiro", desconocido por entonces, en muchos países.

En el texto, Flückinger enumera una serie de casos de víctimas que supuestamente habían iniciado su transformación al comer la carne de animales de los que se había alimentado Paole, como vemos en *El despertar de los vampiros*, de Jean Marigny:

Después de que hubiera sido reportado que en la aldea de Medvegia los supuestos vampiros habían matado a gente bebiendo su sangre, fui enviado allí por decreto supremo de un honorable comandante local, para investigar el asunto a fondo, junto con los oficiales designados para este propósito y dos suboficiales médicos. Para ello se hicieron interrogatorios junto al capitán de la compañía de haiduks de Stallath (…) Agregaron que el tal Arnold Paole no solo atacó a la gente sino también al ganado chupando su sangre. Y puesto que la gente utilizó la carne del ganado atacado, algunos vampiros aún andan por la región, ya que en un periodo de tres meses 17 jóvenes y ancianos sanos habían fallecido, muriendo algunos de ellos en dos o a lo más tres días sin haber contraído previamente ninguna enfermedad (…) Llegados a aquel punto nos dirigimos aquella misma tarde hasta las tumbas acompañados de los haiduks más ancianos mencionados más arriba, con el fin de abrir las tumbas sospechosas y examinar los cadáveres de su interior, y tras ser diseccionados esto fue lo que se encontró:

Una mujer de nombre Stana, de 20 años de edad, que había muerto durante un parto dos meses antes, tras una enfermedad de tres días y que había dicho ella misma antes de morir que se había cubierto con la sangre de un vampiro, por lo cual tanto ella como el bebé, que había muerto nada más nacer y que debido a un enterramiento inadecuado estaba medio devorado por los perros, se convertirían también en vampiros. Estaba entera e incorrupta. Tras abrir el cuerpo se encontró una cantidad de sangre extravascular en la cavidad del pecho. Los vasos de arterias y venas así como el ventrículo cordial no estaban llenos de sangre coagulada, como es habitual, y todas las vísceras, es decir, pulmones, hígado, estómago, bazo e intestinos estaban tan frescas como los de una persona sana.

Una mujer de nombre Miliza, de unos 60 años, que había muerto después de una enfermedad de tres meses fue enterrada hacía 90 días. Se encontró mucha sangre líquida en su pecho y el resto de las vísceras estaban, como en el caso anterior, en buenas condiciones. Durante su disección todos los haiduks que estaban cerca se maravillaron mucho de su cuerpo orondo y perfecto y todos los que la habían conocido bien desde su juventud declararon de modo unánime que durante su vida su aspecto era muy magro y seco y hacían hincapié en cómo había conseguido esta gordura sorprendente en la tumba. Dijeron también que había sido ella la que comenzó esta nueva plaga de vampiros al haber comido carne de las ovejas que habían sido muertas por los vampiros anteriores.

Un niño de ocho días que había estado en la tumba durante 90 días presentaba los mismos síntomas de vampirismo.

El hijo de un haiduk, Milloe, de 16 años, desenterrado tras haber permanecido bajo tierra durante nueve semanas después de fallecer por una enfermedad que duró tres días, estaba en las mismas condiciones que los otros vampiros.

Joachim, hijo también de un haiduk, de 17 años, muerto tras una enfermedad de tres días, permaneció enterrado durante 8 semanas y 4 días y al practicarle la disección, se encontraba en condiciones similares.

Una mujer de nombre Ruscha muerta tras dos días de enfermedad y que había sido enterrada hacía 6 semanas, no solo tenía mucha sangre fresca en el pecho, sino también en fundo ventriculi. Lo mismo se encontró en su hijo, que con 18 días había muerto hacía 5 semanas (1999, pp. 46-48).

A pesar del misterio que despiertan las descripciones de Flückinger, muchas de las características relatadas son explicables y suceden habitualmente en muchos cementerios del orbe; debido a la composición de la tierra y la humedad algunos cadáveres pueden retrasar su proceso de desintegración. Sobre todo, si recordamos que la mayoría de las defunciones se dieron durante el invierno, cuyo frío pudo influir en la conservación de los cadáveres.

El desconocimiento de las patologías y las causas de las enfermedades, bien pueden haber alimentado este tipo de supersticiones extendidas en zonas pobres y alejadas, como afirma el célebre monje benedictino de origen francés Augustin Calmet, quien en su libro *El mundo de los fantasmas*, publicado en 1746, incluye una extensa disertación sobre los vampiros resumiendo una gran cantidad de creencias y costumbres alrededor de este tipo de criaturas.

Aunque nos parezcan fantasiosos, muchos de estos casos dieron forma a personajes y sagas literarios. Desde *Drácula*, de Bram Stoker, a las *Crónicas vampíricas*, de Anne Rice, los vampiros continúan seduciendo y atemorizando a las masas, como los protagonistas de la saga *Crepúsculo* de Stephenie Meyer o los libros de Carolina Andújar. No obstante, es hora de conocer a los verdaderos vampiros, seres crueles y despiadados, que llevados por sus delirios derramaron la sangre de inocentes y destruyeron la vida de miles de familias.

VAMPIROS REALES

Alejados de mitos y leyendas, existe un grupo de personas que han sido consideradas "vampiros" por asesinar y beber la sangre de sus víctimas. Casos registrados desde la época medieval hasta la actualidad y analizados por psiquiatras y antropólogos desde distintos puntos de vista.

Para la mayoría de investigadores, las motivaciones de estos vampiros están relacionadas con elementos sociales y psíquicos, como su posición económica, las enfermedades mentales, los eventos catastróficos que enfrentaron durante su infancia y los valores de la sociedad en la que se desenvolvieron, los cuales resultan determinantes para comprender sus crímenes.

Uno de los factores que pudieron desencadenar sus ataques está relacionado con las parafilias o desórdenes parafílicos; en otras palabras, trastornos de las preferencias sexuales que pudieron impulsarlos a cometer sus actos.

Se ha propuesto que estos "vampiros" pudieron estar afectados por dos tipos de parafilia: la hematolagnia y la hematofilia.

A diferencia de las películas, el vampiro parafílico no posee poderes sobrenaturales y siente una intensa excitación sexual al contemplar y beber sangre, llegando a matar y desangrar por placer. Se trata de individuos que únicamente sienten orgasmos o atracción si están en contacto con fluidos vitales, lo que explica su conducta compulsiva.

Asimismo, existe otro mal mental denominado síndrome de Cotard, en el cual el enfermo siente que se está pudriendo por dentro, y que en ciertas ocasiones puede llegar a producir la idea de que tomando sangre humana se puede revertir el proceso y así mantenerse con vida. Este síndrome también es conocido como delirio de negación nihilista, y aunque la ciencia no ha podido entender su origen y desarrollo, sí ha podido minimizar sus síntomas utilizando medicamentos antipsicóticos y terapia.

Los investigadores Adam Zeman, de la Universidad de Exeter, y Steven Laureys, de la Universidad de Lieja, sometieron a un paciente aquejado por Cotard a una tomografía cerebral y quedaron impresionados al descubrir que la actividad de su corteza cerebral se parecía más a la de una persona anestesiada que a la de una persona "despierta". Lo que evidencia el poder destructivo de la enfermedad a nivel orgánico.

Aunque casi ninguno de los casos de Cotard estudiados ha derivado en violencia, gran parte de los enfermos han desarrollado ideas similares al vampirismo como creer que están muertos y que al mismo tiempo son inmortales.

Otro muy extraño es el polémico síndrome de Renfield, que no ha sido aceptado por ninguna academia y que fue propuesto por el psicólogo estadounidense Richard Noll en 1992. El síndrome de Renfield toma su nombre de uno de los protagonistas de *Drácula*, y produce a quien lo padece una fuerte necesidad de ingerir sangre de otros seres vivos. Noll propone varias fases de desarrollo de la enfermedad, que se originaría en la infancia, cuando el niño descubre la excitación que le produce la sangre —al cortarse él mismo o ver una herida en otros—, generando episodios de autovampirismo que pueden derivar en la práctica de la zoofagia, esto es, el acto de matar o herir animales para beber su sangre.

Si no es tratado con antipsicóticos, el afectado puede llegar a desarrollar "vampirismo clínico", provocándole la creencia de que necesita beber sangre para sobrevivir, llevándolo a herir y asesinar a otros para cumplir sus objetivos.

Sin embargo, no existen pruebas de que tal síndrome exista, mientras que otras enfermedades de carácter orgánico y físico han sido analizadas por distintos investigadores que plantean que sus síntomas pudieron ser confundidos con comportamientos diabólicos y sobrenaturales.

En su trabajo, titulado *Porfiria, vampiros, y hombres lobo* (*Porphyria, Vampires, and Werewolves: The Aetiology of European Metamorphosis Legends*), el bioquímico canadiense David Dolphin propone que la sintomatología de la enfermedad de la porfiria —ansiedad, confusión, insomnio, alucinaciones, agitación, convulsiones y fotosensibilidad (algunos afectados desarrollan ampollas y quemaduras al entrar en contacto con el sol)— puede explicar el mito de los bebedores de sangre.

Dolphin cree que, en el pasado, muchos enfermos fueron confundidos y acusados de ser vampiros por características como la delgadez y la palidez, que se pueden explicar mediante los padecimientos asociados a enfermedades como la anemia o el hirsutismo, que hacen que crezca pelo en lugares donde por lo general no hay, lo que era interpretado antiguamente como un síntoma de afección demoniaca. Así mismo, la porfiria produce complicaciones en los dientes y las encías, retrayendo el tejido, haciendo que los colmillos se vean más largos y afilados.

Sin embargo, esta teoría ha sido debatida, pues no da cuenta de los casos de asesinos en serie con características vampíricas que han sucedido a través de la historia, que mezclan algunas de las peculiaridades que hemos enunciado pero que resultan más perturbadores, pues se trata de individuos reales que torturaron y desangraron a sus víctimas con la única finalidad de obtener placer.

VLAD TEPES, "EL VERDADERO DRÁCULA"

Si existe un personaje histórico que ha moldeado al vampiro contemporáneo es Vlad Tepes "el empalador". Nacido en noviembre de 1431 en la ciudad de Sighişoara, fue asesinado en 1476 en Bucarest, Rumania, país donde fue príncipe de Valaquia, y aterrorizó a sus enemigos y súbditos con torturas y ejecuciones que acabaron con la vida de más de cincuenta mil personas, que representaban el 10% de la población, según algunos historiadores. Su fama de gobernante cruel y despiadado sirvió para que Bram Stoker escribiera su novela *Drácula* en 1897, que inmortalizaría su leyenda transformándolo en el vampiro más famoso de todos los tiempos.

Precisamente, la palabra *Drácula* proviene del vocablo *dracul*, que traduce "dragón", que era el nombre de una sociedad secreta a la que pertenecía su padre, el príncipe Vlad II de Valaquia. La Orden del Dragón era una hermandad compuesta por nobles cristianos que tenía por insignia a un dragón ahorcándose con la cola, que representaba el triunfo del bien sobre el mal y que fue utilizada por Tepes y su familia durante décadas, alimentando la creencia de que poseía poderes sobrenaturales debido al uso de hechicerías y ritos diabólicos.

No obstante, *dracul* también significa diablo, razón por la que algunos investigadores sostienen que Tepes y su familia utilizaban símbolos ocultistas para aterrorizar a sus enemigos.

A pesar de su origen noble, Vlad tuvo una infancia traumática. A los trece años fue entregado como rehén al sultán Murad II, quien había amenazado con invadir Valaquia si no le entregaban una gran cantidad de esclavos.

Una vez en territorio musulmán, fue educado con dureza junto a su hermano Radu, al mismo tiempo que un grupo de señores feudales, conocidos como los boyardos, asesinaron a su padre, apaleándolo y enterrándolo vivo junto con su hermano Mircea, a quien le extrajeron los ojos con un hierro candente.

Al conocer los hechos, Tepes se presentó ante el sultán, solicitó permiso para vengarse y, junto con un batallón reconquistó su trono en 1456, luego de una campaña sangrienta en la que descuartizó a sus principales enemigos.

Una vez en el poder, su venganza no se haría esperar. En la Pascua de 1459 invitó a los boyardos a un banquete, al que debían asistir con sus mejores ropas. Pero Vlad interrumpió la cena con un grupo de soldados que seleccionaron a los más viejos y los empalaron frente a sus hijos, quienes fueron torturados y convertidos en esclavos.

Cabe anotar que el empalamiento, una técnica de ejecución utilizada desde tiempos arcaicos, consiste en insertar una lanza por el recto hasta que salga por la boca. En muchas ocasiones, los afectados pueden mantenerse conscientes durante varias horas, dependiendo del daño que se haya producido en sus órganos internos. Algunos historiadores sugieren que los verdugos de Tepes se especializaron en la técnica y lograban mantener vivas a sus víctimas hasta por veinticuatro horas.

Una vez en el poder, Dracul tomó decisiones arriesgadas, negándose a pagar impuestos a los turcos y húngaros, utilizando el empalamiento como estrategia para atemorizar a sus ejércitos. En 1461, el sultán turco Mehmed II —conquistador de Constantinopla— encabezó una invasión para obligar a Dracul a pagarle tributo. Pero retrocedió afectado por vómitos y escalofríos al encontrarse con un "bosque de empalados" en la zona de Târgovi te. En la región, Tepes había ordenado talar un bosque para elaborar las estacas necesarias para empalar a más de veintitrés mil prisioneros y colonos alemanes, creando un espectáculo aterrador. Según los cronistas, la tierra lucía arrasada mientras miles de ancianos, mujeres y niños habían sido desollados, e integraban una enorme empalizada que infestaba el aire con la putrefacción de sus cuerpos.

Sin embargo, esta no era la primera vez que mostraba tal crueldad; el año anterior había atacado a las poblaciones de Braşov y Sibiu, que se habían negado a seguir sus órdenes, por lo que ensartó a diez mil de sus habitantes, cuyos cuerpos fueron organizados geométricamente, formando "bosques" alrededor de las villas.

A pesar de este tipo de tácticas, Tepes no pudo contener al ejército turco que invadió sus dominios en 1462, y se vio obligado a huir a Hungría, donde el emperador Matías Corvino lo encarceló, acusándolo de ser espía de los musulmanes.

Durante doce años estuvo encerrado en una torre, mientras que su esposa, la princesa Cneajna, se suicidó al enterarse de que su país había sido invadido, lanzándose desde su castillo a un río que es conocido desde entonces como Doamnei o "el río de la dama". Al ser informado de su muerte, Dracul se volvió más agresivo.

Según documentos húngaros, solicitaba que le trajeran animales domésticos a su celda para empalarlos frente a sus guardias y otros reclusos.

Este tipo de comportamiento es típico del sadismo, que es la obtención de placer a partir del dolor de otros, lo que también es palpable en el uso extensivo del empalamiento, que causó que muchas personas lo acusaran de ser un vampiro, aunque no existe evidencia histórica de que bebiera sangre humana.

Por razones desconocidas, fue liberado en 1474. Participó en la batalla de Vaslui, junto con el príncipe Esteban Báthory de Transilvania y logró reconquistar su trono por dos años, hasta que los turcos volvieron a invadir y lo asesinaron, descuartizándolo y llevando su cabeza hasta Constantinopla, donde estuvo exhibida en la plaza principal durante varios años.

Su historia es una de las más recordadas en Europa Oriental, pues representa la lucha de un hombre cruel y sádico por mantener su autonomía frente a potencias extranjeras, por lo que se le considera un héroe nacional en Rumania.

Su actuar violento y sanguinario, no solo es una muestra de su personalidad, sino del complejo mundo en el que tuvo que desenvolverse. Un mundo plagado de violencia y sangre, que lo transformaría en leyenda, traspasando las líneas de la historia hasta convertirlo en el popular Conde Drácula.

ELIZABETH BÁTHORY, LA CONDESA SANGRIENTA

Cuando mis hombres entraron en el Castillo de Čachtice,
se encontraron con una chica muerta; después otra tendida
sobre el suelo con muchas heridas y agonías.
Además había una mujer magullada y torturada;
las otras víctimas se mantenían escondidas, huyendo
de los martirios que les propinaba esa maldita mujer.
Carta del conde György Thurzó
a su esposa, diciembre 30 de 1610

Elizabeth Báthory fue una noble húngara nacida el 7 de agosto de 1560 en Nyírbátor y muerta el 21 de agosto de 1614 en el Castillo de Čachtice, que protagonizó una de las historias más espeluznantes de todos los tiempos.

Desde pequeña tuvo una educación especial, hablaba varios idiomas y sabía leer y escribir en un tiempo en que casi todos eran analfabetos. A la edad de doce años fue separada de su familia luego de que se comprometiera con el barón Francisco Nádasdy, quien la llevó a vivir a su castillo, donde mantuvo una relación tensa con su suegra, Úrsula Kanizsa.

Su matrimonio fue disfuncional. Su marido —al que apodaban el Caballero Negro— casi nunca estuvo en el hogar pues se mantenía batallando en las continuas guerras que azotaban la zona. Tuvieron cuatro hijos, llamados Anna, Úrsula, Catalina y Paul.

Para complicar las cosas, quedó viuda en 1604, cuando una enfermedad acabó con su esposo en pleno campo de batalla. Sus hijos se casaron, expulsó a su suegra y sus consejeros del castillo. Así las cosas, quedó sola a cargo de todas sus riquezas y conservando únicamente a sus sirvientes más fieles.

A partir de ese momento inició una serie de crímenes que la harían célebre. Según la leyenda, una criada le tiró el cabello mientras la peinaba, por lo que le dio un bofetón que le rompió la nariz y salpicó su cara de sangre. Al limpiar su rostro, sintió que su piel estaba más suave, por lo que ordenó que mataran a la criada y se bañó con su sangre, experimentando una sensación de rejuvenecimiento.

Esta creencia la transformaría en una asesina compulsiva. Al principio, sus víctimas fueron sus propias criadas, pero luego comenzó a matar a las hijas de los campesinos que habitaban en sus territorios.

Varios de sus sirvientes, encabezados por su mayordomo, Thorko, eran los encargados de ofrecer trabajo y llevar al castillo a campesinas y aldeanas que no superaban los quince años, pues Elizabeth creía que solo la sangre de las vírgenes podía hacerla rejuvenecer.

La voracidad de Báthory eventualmente acabó con las muchachas de la región, por lo que empezó a echar mano de las hijas de nobles y señores feudales.

Para persuadir a los aristócratas, se ofrecía a educar a las niñas en su castillo, cubriendo toda su manutención. Encantados, algunos enviaron a sus hijas con la ilusión de escalar en la nobleza, pero nunca las volvieron a ver.

Estos crímenes representaron su caída, pues no era lo mismo asesinar a las hijas de los campesinos que a las descendientes de barones y condes, quienes se quejaron al darse cuenta de la desaparición de sus pequeñas.

Las denuncias llegaron hasta el rey Matías de Hungría, quien envió una comisión encabezada por el conde György Thurzó (quien era primo y enemigo de Báthory), para investigar el paradero de las menores.

Según los registros, Thurzó entró al castillo de Čachtice el 3 de diciembre de 1610, junto con media docena de soldados, que lo encontraron prácticamente vacío. Las ventanas estaban desvencijadas y el suelo se encontraba cubierto con aserrín mezclado con ceniza, que era utilizado por algunos sirvientes para limpiar las manchas de sangre que se esparcían en todas las direcciones. Las paredes lucían mohosas y un ligero olor a putrefacción invadía el ambiente. En el centro del patio hallaron a una sirvienta amarrada a un cepo y con los huesos astillados por los golpes que le habían propinado, lo que no impresionó al conde, pues era un castigo común para la época. Sin embargo, la situación cambió cuando entraron al salón principal y encontraron a una chica amarrada sobre el comedor con el cuerpo cubierto de heridas, por lo que ordenó a sus hombres que registraran el lugar.

Entre las mazmorras encontraron a una docena de muchachas en estado de desnutrición, algunas de las cuales tenían perforaciones y cortes en sus brazos. Una vez liberadas, indicaron que había muchas más enterradas debajo del castillo, lo que obligó a los soldados a cavar. Descubrieron más de cincuenta cuerpos.

Al enterarse de la presencia de los soldados, Elizabeth pidió a Thurzó que se fueran, lo que él obedeció de inmediato por tener un rango nobiliario menor.

A pesar de ello, en 1612 el rey mandó a realizar un juicio por presión de la Corte. Este se realizó en Bitcse sin la presencia de Báthory, en atención a sus derechos aristocráticos.

En su lugar fueron juzgados Thorko, su mayordomo, quien testificó haber asesinado a 37 doncellas entre los once y los veintiséis años, y tres de sus criadas, Dorotea, Helena y Piroska, que confesaron practicar la magia negra.

Todos los criados fueron declarados culpables de homicidio, sacrilegio y brujería, siendo torturados, decapitados, y sus cadáveres quemados. A excepción de las mujeres, a las que les arrancaron los dedos con tenazas y las quemaron vivas. Solamente sobrevivió una joven llamada Katryna, de catorce años, que fue liberada luego de que le propinaran cien latigazos.

Desesperado por la presión de los cortesanos que no habían quedado satisfechos con el resultado del juicio, el rey la mandó ejecutar, pero nadie cumplió el dictamen y Elizabeth fue recluida en su habitación, a la que le sellaron las puertas y las ventanas, dejando un pequeño orificio para pasarle agua y comida. Sobrevivió hasta 1614, cuando murió por causas naturales, poco después de cumplir cincuenta y cuatro años.

El caso de la "Condesa sangrienta" es tan popular como enigmático. Algunos investigadores se han apoyado en los documentos para afirmar que fueron seiscientas doce las jóvenes desangradas y asesinadas durante seis años, lo que la convertiría en la peor asesina en serie de la historia.

Por otro lado, varios historiadores como Kimberly Craft han encontrado documentos que demuestran su crueldad, como esta carta enviada por Andrés de Kereszt al rey en 1611, en la que describe el trato que les daba a sus víctimas:

El honorable Tomás Jaworka, juez de la ciudad de Kosztolny, de 48 años de edad; (...) dijo que había oído de algunos sirvientes de dicha señora Báthory lo extremadamente cruel que era con sus doncellas; a algunas les quemaba el abdomen con un hierro al rojo vivo y a otras las hacía sentar en un gran tanque de tierra y les vertía agua hirviente escaldando su piel; el mismo testigo afirmó que había visto con frecuencia muchachas vírgenes en su séquito desfiguradas y cubiertas de manchas azules causadas por numerosos golpes.

Este tipo de evidencias muestran que Báthory poseía una personalidad sádica, pues sus torturas iban más allá de la extracción de sangre, tomando formas cruelmente creativas.

Igualmente, sus crímenes están motivados por su obsesión con mantenerse joven. La sangre de vírgenes era una especie de elixir que la llevaba a matar. En este sentido, es posible que desarrollara gerascofobia, que es un trastorno caracterizado por el miedo a envejecer que aparece comúnmente entre los cuarenta y los cincuenta años y que se activa por un hecho traumático. Recordemos que Elizabeth comenzó sus crímenes después de la muerte de su esposo, cuando tenía cuarenta y siete años.

Asimismo, la gerascofobia está asociada con conductas narcisistas, lo que provoca que sus afectados intenten detener el envejecimiento con cremas, cirugías estéticas, ropas y tintes de cabello. Aunque en la Edad Media no existían estos recursos, abundaban las supersticiones sobre el poder de la sangre, que era vista como una fuente de vida, debido a la influencia del rito cristiano de la comunión.

No obstante, algunos historiadores revisionistas afirman que los crímenes de la condesa sangrienta pudieron ser un fraude para apoderarse de sus tierras. Esta teoría está basada en el hecho de que György Thurzó, su principal acusador, era su principal rival político y se benefició con su muerte.

De igual forma, se afirma que el desangramiento de mujeres jóvenes era una acusación común, ligada a la brujería y la hechicería, que era utilizada habitualmente contra mujeres líderes o poderosas que representaban una amenaza al sistema.

A pesar de estas críticas, la mayoría de las pruebas históricas confirman las acciones de Báthory y su obsesión por bañarse con sangre humana. Sin embargo, a pesar de sus esfuerzos por mantenerse joven, en la actualidad su castillo se halla en ruinas y su nombre es recordado como el de una de las personas más despiadadas de la historia.

FRITZ HAARMANN, EL "VAMPIRO DE HANNOVER"

Friedrich "Fritz" Heinrich Karl Haarmann fue un psicópata alemán que asesinó a veintisiete adolescentes mordiéndoles el cuello hasta romperles las venas para beber su sangre, lo que le valió el apodo de el "vampiro de Hannover".

Nacido el 25 de octubre de 1879, fue el sexto hijo de una familia empobrecida cuyo padre era un alcohólico violento. Situación que lo convirtió en un niño aislado al que le costaba rendir en el colegio.

A medida que fue creciendo, estableció una relación disfuncional con su madre, quien empezó a sobreprotegerlo luego de descubrir su homosexualidad. Algo que no agradó a su padre, quien lo golpeó brutalmente y lo envió a un internado militar en Neu Breisach.

Entre los cuarteles se adaptó rápidamente, pero empezó a sufrir de ataques de nervios, por lo que fue rechazado. Regresó a Hannover en 1898 y consiguió empleo en una tabaquera, de la que fue despedido después de ser capturado por abusar de un niño. Las autoridades lo declararon no apto para ser enjuiciado y lo enviaron a una clínica psiquiátrica, donde fue reconocido por su buen comportamiento.

Al mismo tiempo, Alemania se derrumbaba. La Primera Guerra Mundial ardía y la pobreza se extendía por todo el país. Liberado del manicomio y salvado de ir al frente por su condición mental, empezó a frecuentar los barrios marginados y poco a poco desarrolló una conducta criminal.

Cortó toda comunicación con su familia y sobrevivió gracias al crimen. Realizaba robos y estafas, dormía en inquilinatos y frecuentaba bares de mala muerte. En 1914, fue capturado y encarcelado por robo hasta 1918, año en que se unió a un grupo de contrabandistas de carne.

Alemania había perdido la guerra y estaba arruinada, miles de personas estaban sumidas en la miseria y las condiciones del Tratado de Versalles, impuestas por los ganadores, habían supuesto una profunda humillación al pueblo, que propició el surgimiento de partidos políticos radicales como el Partido Nazi.

Pero a Haarmann poco le importaba la política. Su primera víctima fue Friedel Rothe de diecisiete años, quien desapareció el 25 de septiembre de 1918 después de ser visto por última vez en su compañía, por lo que fue denunciado. La policía realizó un allanamiento en su residencia, descubriéndolo desnudo con un adolescente, por lo que fue capturado y sentenciado a nueve meses de prisión. Sin embargo, el cuerpo de Rothe nunca fue encontrado y el caso fue cerrado.

Fue entonces cuando Haarmann conoció a Hans Gras, un pedófilo con conexiones en el bajo mundo. Con él constituirá un equipo criminal que acabaría con la vida de una veintena de personas.

Una vez fuera de la prisión, desarrolló un modus operandi para cazar a sus víctimas. Se desplazaba hasta la estación central de trenes donde seleccionaba hombres jóvenes que llegaban del campo en busca de trabajo, a quienes abordaba prometiéndoles empleo, comida y un lugar donde dormir. Enseguida, los llevaba hasta su apartamento donde los amenazaba y los asesinaba

Fritz Haarmann, el vampiro de Hannover, ca. 1924.

mordiéndoles el cuello hasta reventarles la carótida, mientras los violaba y bebía su sangre.

Luego descuartizaba los cuerpos y comerciaba su carne haciéndola pasar por carne de caballo o cerdo, fabricando salchichas y abandonando los huesos en el fondo de un río.

Algunos de sus clientes lo denunciaron a la Policía, pues consideraron que sus salchichas estaban rellenas de trozos demasiado "humanos", pero los detectives desestimaron las denuncias al concluir que se trataba de una campaña de desprestigio por los bajos precios que manejaba en su negocio.

A pesar de ello, los rumores siguieron creciendo a la par que el país se hundía en la inflación. Por fin un niño encontró un cráneo en un parque llamado Herrenhäuser Gärten sobre la ribera del río Leine, donde la Policía encontró huesos, cabello, dedos y centenares de trozos correspondientes a veintidós cuerpos.

Debido al descubrimiento, la población entró en pánico y los agentes elaboraron una lista de sospechosos entre los que estaba Haarmann, al que vigilaron día y noche.

La noche del 22 de junio de 1924, los detectives observaron cómo llevaba a un joven hasta su apartamento, después de lo cual escucharon algunos gemidos, por lo que se decidieron a entrar.

Luego de derribar la puerta, se dieron cuenta de que las paredes estaban cubiertas de sangre y un olor nauseabundo apestaba el aire. Una gran cantidad de ropa y objetos se desperdigaban desordenadamente, y algunos cuchillos y molinos de carnicería se apilaban sobre la mesa del comedor.

Fritz intentó defenderse argumentando que la sangre y los objetos eran sus herramientas de trabajo, pero los detectives lograron establecer que las ropas pertenecían a varias personas que habían sido reportadas como desaparecidas, por lo que fue detenido.

Los peritos recogieron huesos y fragmentos de carne y así lograron determinar que eran de origen humano. Ante esto Fritz aceptó los cargos, confesó haber matado a un número indeterminado de jóvenes a partir de 1918, e indicó que había enterrado sus cabezas en su propio patio, como una especie de trofeo.

Debido a las evidencias fue llevado a juicio en 1924, acusado de la muerte y desaparición de veinticuatro personas, pues los restos de las otras víctimas jamás fueron encontrados. Al preguntársele sobre el asunto, el vampiro respondió de forma sarcástica: "¿Cómo quiere que sepa? Usted dice veinticuatro. Ponga entonces veinticuatro. Puede que sean más o que sean menos…".

Durante las audiencias se mostró frío e indolente. Se burlaba de los familiares de sus víctimas cuando narraba cómo les mordía la garganta y chupaba su sangre mientras los violaba, para después guardar un poco del líquido en una olla para hacer morcillas y salchichones.

En medio de los interrogatorios, algunas de sus respuestas nos dan indicios de sus motivaciones. Al preguntársele sobre la razón de sus crímenes respondió: "Mis crímenes no eran solamente para sacar un beneficio económico con la venta de carne humana, sino que estaba motivado por un momento de frenesí erótico, que me conducía a matar para satisfacer mis irrefrenables deseos".

Esta respuesta y el hecho de que asesinara mientras violaba, les da una motivación sexual a sus acciones. Haarmann mataba por placer, impulsado por el gozo que le proporcionaba destruir y someter a sus víctimas.

Es muy probable que sufriera de desórdenes parafílicos como la hematofilia, que causa una irrefrenable atracción sexual por lamer o beber sangre, que pueden llegar a ser compulsivos.

Otra circunstancia que apoya esta teoría es el perfil de sus víctimas: jóvenes entre catorce y dieciocho años, de estrato social bajo, que despertaban sus deseos por su físico o por las ropas que llevaban puestas. Como era de esperar, Haarmann fue condenado a muerte y guillotinado el 15 de abril de 1925. Al subir al patíbulo se puso nervioso y rompió en llanto, pidió la presencia de un sacerdote y se autoinculpó de todos los crímenes. De ese modo le salvó la vida a Hans Gras, a quien solo condenaron a doce años de cárcel. Como última voluntad pidió que se escribiera sobre su lápida: "Aquí yace el exterminador", solicitud que no fue tomada en cuenta, pues sus restos fueron cremados y su cabeza almacenada en un tarro de formol, que se conserva en la Escuela de Medicina de Gotinga, hasta el día de hoy.

ENRIQUETA MARTÍ, LA "VAMPIRA DE BARCELONA"

Enriqueta Martí fue una asesina, secuestradora y explotadora de niños nacida en la ciudad de Sant Feliu de Llobregat de Cataluña en 1868, y que ha pasado a la historia como la "vampira de Barcelona", a pesar de que nunca bebió sangre humana.

Martí tuvo una vida agitada y convulsa. A edad temprana abandonó a su familia y se estableció en Barcelona, buscando escapar de la miseria. Entre ramblas y bulevares, mendigó, robó y trabajó como proxeneta y prostituta.

En 1895 se casó con Juan Pujaló, un bohemio poco conocido que aspiraba a triunfar en el medio artístico y que se alimentaba con alpiste, con quien tendría fuertes altercados que terminarían en el divorcio.

De acuerdo con Pujaló, Enriqueta era una persona impredecible que se disfrazaba de indigente para pedir limosna y que seguía prostituyéndose a pesar de estar casada, por lo que se separó luego de darle seis oportunidades de cambiar.

Sin embargo, sus actividades iban más allá de vender su cuerpo, pues llegó a ser considerada como una de las más importantes distribuidoras de niños para su explotación sexual en la ciudad.

En 1909, un grupo de policías irrumpió en su residencia de la calle Minerva, guiados por las quejas de sus vecinos que la acusaban de haber instalado un burdel en su apartamento, pero a pesar de sus esfuerzos solo lograron hallar a un hombre de clase alta que fue liberado de inmediato.

Ante la escasez de pruebas, Enriqueta fue liberada luego de un par de semanas en los calabozos, después de lo cual decidió ampliar su negocio convirtiéndose en curandera, ofreciendo cremas, ungüentos y pomadas que, según ella, curaban la sífilis y la tuberculosis.

Pero su suerte cambió rápidamente, exponiéndola al escarnio público y conduciéndola a la muerte. Dos años después, el 10 de febrero de 1912, los padres de Teresita Guitart, de cinco años, estaban desconsolados. La pequeña no aparecía y la Policía estaba preocupada pues se habían registrado varios casos similares en la ciudad durante los últimos meses.

Una semana después, el 17 de febrero, Claudia Elías —vecina de Enriqueta— vio dos niñas jugando en el patio de su edificio; una de ellas tenía el cabello rapado y se parecía a la imagen de los volantes que distribuían las autoridades. Consternada, se asomó a la ventana y le preguntó su nombre, pero apareció Enriqueta y se la llevó rápidamente.

Ante la situación, se dirigió a la Policía para denunciar lo sucedido y afirmó que además había escuchado la voz de un niño pequeño.

Bajo el clima de incertidumbre y temor que mantenía a la población al borde de un ataque de nervios, la Policía estaba presta a investigar cualquier indicio y envió a un grupo que entró al apartamento con la excusa de que tenía gallinas. En el interior encontraron dos niñas, que fueron identificadas como Teresita y Angelita.

Teresita fue devuelta rápidamente a sus padres, y se les explicó cómo Enriqueta la había secuestrado prometiéndole caramelos y cubriéndola con un trapo negro. Una vez en su domicilio, le rapó el pelo y le cambió el nombre por el de Felicidad, asegurándole que era huérfana y que la cuidaría como su madrastra.

También narró que de comer les daba pan duro y papa cocida, las pellizcaba y les tenía prohibido asomarse por la ventana e ingresar a varias de las habitaciones. Sin embargo, Teresita un día entró a uno de los cuartos prohibidos, donde encontró una gran cantidad de sangre sobre las paredes y una colección de vestidos de niña.

Pero si esto les parece aterrador, lo que dijo la otra niña resulta espantoso. Angelita declaró que antes de que llegara Teresita había otro niño llamado Pepito, que tenía cinco años, y que había visto cómo Enriqueta lo había llevado hasta la cocina y lo había degollado. Versión que concuerda con los testimonios de la vecina, que, como ya mencioné, declaró haber escuchado la voz de un niño pequeño un par de semanas atrás.

Ante tales denuncias, un grupo de peritos se desplazó al apartamento, donde encontraron una habitación cubierta de sangre seca, así como varios vestidos de niño y una gran cantidad de huesos humanos ahumados y achicharrados.

En otra habitación que estaba cerrada con llave había una colección de tarros, jarras y frascos que contenían órganos y partes humanas. También cabellos, trozos de manos, bloques de grasa y uñas. Todo esto obligó a la Policía a seguir investigando, explorando las antiguas residencias de la asesina, donde encontraron una calavera de un niño y una gran cantidad de restos correspondientes a tres chicos de tres, seis y ocho años.

En otro de los apartamentos encontraron una habitación decorada y adornada con lámparas y cortinas de seda, en cuyos armarios había una docena de vestidos de niño cuidadosamente almacenados junto con varias pelucas y una libreta con los nombres de varias personas importantes, por lo que se especuló que se trataba de pedófilos que utilizaban los servicios de Enriqueta.

Aunque la ciudadanía siguió su caso, la vampira nunca llegó a juicio, pues fue asesinada por un grupo de reclusas que la golpearon hasta el cansancio en la madrugada del 12 de mayo de 1913, luego de lo cual fue enterrada en la fosa común del cementerio del Sudoeste, en la montaña de Montjuïc de Barcelona.

Con su muerte, se esfumaron las posibilidades de conocer los detalles de sus crímenes y el número de muertos. A pesar de ello, su mecánica criminal nos muestra a una asesina psicópata, que seducía a sus víctimas con dulces en espacios públicos, para secuestrarlas, descuartizarlas y utilizar sus partes para elaborar remedios y menjurjes.

Según registros periodísticos, vendía la grasa a los empleados de los ferrocarriles para aceitar las piezas de los aparatos y comercializaba la sangre como una cura milagrosa para la tuberculosis, que era una enfermedad extendida y prácticamente incurable pues todavía no existían los antibióticos.

A comienzos del siglo XX, todavía se pensaba que la sangre contenía propiedades medicinales, por lo que muchos enfermos eran desangrados esperando que su cuerpo adquiriera vitalidad al renovar sus fluidos, mientras los anémicos tomaban sangre de pichones de paloma como remedio.

A pesar de estos detalles, algunos investigadores como Jordi Corominas afirman que el caso fue un montaje de la prensa de la época.

Según Corominas y la historiadora Elsa Plaza, Enriqueta Martí, lejos de ser una asesina, fue una mujer marcada por la miseria y la muerte de un hijo de diez meses, que la llevó a secuestrar a otros niños para intentar reemplazarlo. Los ungüentos "humanos" serían una fabulación de la prensa, y los restos de sangre, producto de un cáncer de útero que sufría y que le provocaba hemorragias. Sin embargo, esta teoría no explica las declaraciones sobre Pepito, las ropas de niño que le fueron encontradas y el dictamen de varios médicos que afirmaron que Enriqueta nunca había parido un hijo en su vida.

JOHN GEORGE HAIGH, EL "VAMPIRO DE LONDRES"

John Haigh fue un asesino londinense de la década de los cuarenta que asombró a Inglaterra al asegurar que su motivación era beber la sangre humana, y que dejó una gran cantidad de cartas y apuntes en los que narraba sus visiones y alucinaciones.

Nacido en Stamford, Lincolnshire, el 24 de julio de 1909, fue el hijo de una pareja de cristianos radicales que le prohibían leer cualquier cosa que no fuera la Biblia y lo mantenían encerrado en su habitación para protegerlo del pecado.

A medida que fue creciendo fue desarrollando rasgos de psicópata; torturaba animales, atormentaba a las niñas en la escuela, creía ver signos sobrenaturales sobre el rostro de su padre, robaba a sus compañeros, y hacía parte del coro de la iglesia.

A los diecisiete años dejó la escuela y se convirtió en aprendiz en una empresa que fabricaba motores, pero fue despedido en menos de un año, luego de lo cual se dedicó a asaltar y vender objetos en la calle.

Para 1930, fue capturado como sospechoso de robar el dinero de una caja registradora, aunque fue liberado rápidamente. En 1934 se casó con Betty Hammer de veintiún años, que trabajaba como modelo y de la que se separó cuatro meses después, luego de que lo volvieran a capturar por hurto.

Una vez libre, se trasladó a Londres, donde se empleó como chofer de la familia McSwann, pero fue capturado y condenado a trabajos forzados por hacerse pasar por abogado y estafar a media docena de personas.

En la cárcel escuchó que algunos de sus compañeros afirmaban que nadie podía ser condenado si no había pruebas y que el asesinato perfecto era aquel que no dejaba huellas, por lo que comenzó a experimentar disolviendo animales en agentes químicos. Luego de salir de prisión, se mantuvo como estafador, vestía ropas elegantes y asistía a tabernas distinguidas donde se hacía pasar por empresario. Justamente en uno de esos lugares se rencontró con William McSwan, de quien había sido su chofer, y se ganó su confianza.

Con el tiempo logró convencerlo de que le presentara a sus padres y le entregara una gruesa suma de dinero, con la excusa de emprender un negocio. Enseguida, lo llevó hasta un sótano ubicado en el número 79 de la calle Gloucester, donde lo golpeó con un tubo en la cabeza, le cortó la garganta y bebió su sangre en una copa.

Como si fuera poco, se puso un delantal, un tapabocas, y sumergió el cuerpo en un barril metálico de cuarenta litros que estaba lleno de ácido sulfúrico y soldó su tapa. Dos días después, llamó a sus padres para decirles que William se había fugado para escapar del reclutamiento del Ejército, que enfrentaba la Segunda Guerra Mundial.

Un par de meses después conoció a los Henderson, un matrimonio sin hijos bastante conocido en los bares. A ellos les ofreció comprarles una casa que llevaban vendiendo bastante tiempo.

El día del negocio, llevó un par de barriles hasta su propiedad, les hizo firmar la escritura, les disparó a quemarropa y disolvió sus cuerpos en ácido.

Luego del asesinato obtuvo una gran cantidad de dinero, que malgastó en casinos y cantinas. Así volvió a la quiebra y a la necesidad de matar.

En medio de su afición por la bebida, conoció a Olivia Durand-Deacon, una viuda adinerada que se sintió atraída por su imagen de negociante, pues la había convencido de que conocía una fábrica de uñas artificiales, donde podrían comprar una gran cantidad para después revenderlas.

He aquí lo que él mismo confesó durante su juicio: "La llevé al almacén de Leopold Road, le disparé por detrás, en la cabeza, mientras ella observaba un tipo de papel para utilizarlo como material de fabricación de uñas postizas. Después me dirigí al coche, cogí un vaso y le hice un corte al lado del cuello con una navaja, llené el vaso con la sangre y me lo bebí".

Durante los siguientes días, los amigos de Olivia denunciaron su desaparición y su cercanía con Haigh, que fue llamado a declarar a la Policía, causando una extraña impresión entre los investigadores, que lo consideraron como sospechoso luego de ver sus antecedentes.

Los detectives siguieron la pista de sus propiedades y encontraron una bodega, tres galones de ácido sulfúrico, unos guantes de caucho y un revólver. También, manchas de sangre en las paredes y en un delantal, así como un charco de grasa y un recibo de lavandería de un abrigo que resultó ser de propiedad de la señora Durand.

La grasa y los demás elementos fueron analizados por Scotland Yard, que los identificó como humanos. Haigh fue capturado de inmediato, interrogado y confrontado a las pruebas. Al verse perdido, hizo una increíble declaración: "Si le confesara la verdad no me creería, es demasiado extraño. Pero se la voy a confesar. La señora Durand no existe. Ustedes no encontrarán jamás ningún resto de ella ya que la disolví en el ácido, ¿cómo podrán probar entonces que he cometido un crimen si no existe cadáver?".

Durante el juicio, insistió en que sus acciones se daban por su necesidad de beber sangre, hábito que se había incubado desde su adolescencia cuando soñaba con metáforas sangrientas. "Veía ante mí un bosque de crucifijos (...) que gradualmente se transformaban en árboles. Al principio creí que había rocío, o lluvia, goteando de las ramas, pero al acercarme, me di cuenta de que era sangre. De pronto el bosque entero comenzó a retorcerse y de los árboles, tiesos y erectos, escurría sangre... Un hombre fue a cada árbol y recogió la sangre (...) y me invitaba a beberla".

En la actualidad se considera que su abogado utilizó su vampirismo como un recurso para que lo vieran como un demente que estaba obligado a matar por su obsesión, aunque resulta evidente que su motivación era el dinero, por lo que muchos historiadores han cambiado su denominación a la del "asesino del ácido". El último día del juicio, Haigh llenó un crucigrama mientras era sentenciado a la pena de muerte. Al preguntársele si quería apelar, negó con su cabeza y dijo, "nada".

Durante los meses siguientes, escribió su biografía para un periódico local, se declaró creyente en la reencarnación y regaló sus vestidos al Museo de Cera de Madame Tussaud, que fueron ubicados en la Cámara de los Horrores, con la única condición de que los pantalones permanecieran planchados, el cabello peinado y los puños de la camisa blancos y tiesos.

Finalmente fue ejecutado mediante ahorcamiento el 6 de agosto de 1949, llevándose consigo el número de sus víctimas, aunque aceptó haber asesinado a otras seis personas. Según la prensa amarillista, los enterradores le quitaron los colmillos y rompieron el ataúd, para evitar que volviera transformado en vampiro.

RICHARD CHASE, EL "VAMPIRO DE SACRAMENTO"

> *Si devoré a esas personas fue porque tenía hambre y me estaba muriendo. Mi sangre está envenenada y un ácido me corroe el hígado. Era absolutamente necesario que bebiera sangre fresca.*
>
> Testimonio de Richard Chase

Si hay un caso de vampirismo que haya tenido un gran impacto es el de Richard Chase, el "Vampiro de Sacramento", un asesino nacido en California en 1950, que asombró al mundo por su crueldad y sevicia.

De niño fue un chico taciturno que tenía un rendimiento mediocre en el colegio, donde tuvo dos novias con las que nunca llegó a practicar el sexo pues no podía mantener una erección. Al llegar a la adolescencia probó las drogas y se volvió adicto al LSD y la marihuana. Se orinaba en la cama, incendiaba objetos y comenzó a presentar alucinaciones auditivas y visuales.

A los veintiuno se fue a vivir con un amigo, pero su adicción lo había llevado a desarrollar esquizofrenia paranoide. Empezó a imaginar que una organización criminal lo buscaba para matarlo, por lo que se encerró en su habitación, tapió la puerta y las ventanas y dejó solo un agujero en el fondo de un armario para salir a comprar droga.

Preocupados, sus amigos lo llevaron a consultar un médico, al que acudió con el cráneo afeitado pues creía que su cabeza se deformaba y sus huesos se le clavaban como agujas sobre los nervios, por lo que fue remitido a un hospital psiquiátrico donde, sin embargo, fue dado de alta en poco tiempo.

Al regresar a la casa de su madre se dedicó a capturar perros y gatos a los que desangraba mezclando el líquido con Coca-Cola, para que tuviese "mejor sabor". Según su propia confesión, su motivación para beber sangre estaba relacionada con la idea de que se estaba secando por dentro, que es muy parecida al síndrome de Cotard, del que hablamos anteriormente.

Debido a su comportamiento fue llevado a un psiquiátrico, pero su madre lo retiró argumentando que parecía un zombi. Al poco tiempo consiguió trabajo y se mudó a un apartamento, pero volvió a la paranoia y se encerró de nuevo, comunicándose únicamente por una rendija con su madre, quien le regaló mil setecientos dólares de cumpleaños que utilizó para comprar media docena de mascotas que mató para beber su sangre.

Sin tratamiento ni antipsicóticos, su enfermedad se agravó y empezó a sentir que sus pulmones se pudrían y el corazón se le marchitaba, por lo que compró una escopeta y se preparó para buscar sangre humana.

Su primera víctima fue un hombre llamado Ambroce Griffin, a quien disparó desde unos arbustos mientras caminaba junto con su hijo en diciembre de 1977. Pero causó un gran alboroto y le fue imposible acercarse para tomar su sangre.

Varias semanas después, el 23 de enero de 1978, irrumpió en la residencia de Teresa Wallin, a quien disparó y acuchilló en el abdomen, para después violar el cadáver y beber su sangre en una copa de cristal.

Debido a la crudeza de los crímenes, la población de Sacramento entró en pánico y la Policía creó un grupo especial para capturarlo, sin saber que lo peor estaba por venir.

El 27 de enero entró en la casa de Evelyn Miroth, de treinta y ocho años, quien se encontraba reunida con su amigo Danny Meredith, su hijo de seis años y un sobrino de veintidós meses. Una vez dentro, descargó su arma sobre los adultos matándolos de manera instantánea. Luego, arrastró el cadáver de la mujer hasta una habitación donde la abusó sexualmente mientras le sacaba los ojos y bebía su sangre. Después, buscó a los niños, los asesinó y huyó con los restos del bebé y la ropa llena de sangre.

Una de sus vecinas pudo observarlo mientras entraba a su casa con la ropa cubierta de sangre, por lo que llamó al 911. Ante la alarma, la Policía forzó la puerta y lo descubrió triturando la cabeza del bebé en una licuadora.

El lugar estaba repleto de animales muertos y restos humanos. Al verse sorprendido intentó escapar, pero fue rápidamente capturado. Desde entonces se le conoció como el "Vampiro de Sacramento".

En este caso es evidente que existía una enfermedad mental que impulsó a Chase a matar, una idea obsesiva similar al síndrome de Cotard, en el que los sujetos están seguros de que su cuerpo se está pudriendo, acompañado de la esquizofrenia paranoide y el abuso de drogas que aumentaron su distorsión de la realidad. Todas estas condiciones crearon un universo alternativo en su cabeza, donde beber sangre era una necesidad de vida o muerte: "A veces oigo voces por teléfono… ignoro de quién pero me amenazan. Suena el teléfono y alguien me dice cosas extrañas… que mi madre me envenena poco a poco y que me voy a morir", afirmó ante el jurado que lo declaró culpable a pesar de sus problemas mentales y lo condenó a la pena de muerte.

Sin embargo, Chase nunca llegó a ser ejecutado pues aprovechó un descuido de sus guardas y se suicidó tomando una sobredosis de medicamentos psiquiátricos. Durante sus últimos días, aseguró que era inocente y que todo era un complot de los extraterrestres y Frank Sinatra.

MARCELO COSTA DE ANDRADE, EL "VAMPIRO DE NITERÓI"

Durante los años noventa, el pánico se esparcía por Río de Janeiro. Más de catorce niños aparecieron violados y torturados; les habían sacado el corazón y tenían marcas de mordiscos por todo su cuerpo. Brasil se enfrentaba a uno de los peores asesinos en serie de su historia.

A pesar de que la Policía realizaba enormes esfuerzos por atrapar al culpable, no había pistas y los crímenes parecían perfectos. Hasta que, en diciembre de 1991, una de las víctimas logró escapar y llevó a las autoridades hasta el "Vampiro de Niteróie", como había sido bautizado por la prensa, ya que en esa ciudad se habían encontrado la mayoría de los cuerpos.

El vampiro había cometido un error garrafal: semanas atrás había secuestrado a dos hermanos en un terminal de buses. Iván, de seis años, y Altaír, de diez, a quienes engañó ofreciéndoles dulces, para luego conducirlos a un baño en donde violó al más pequeño, por lo que su hermano empezó a llorar y suplicar que no le hiciera daño. Enseguida mató a Iván y se quedó mirando a Altaír, a quien le secó las lágrimas diciéndole que era un ángel y que vivieran juntos. El niño lo acompañó hasta su casa, cenaron juntos y se acostó a dormir; a la mañana siguiente escapó y llegó hasta donde su mamá, le contó lo que había pasado y ella enseguida llamó a la Policía.

Los agentes no tardaron en identificar al asesino como Marcelo Costa de Andrade y lo capturaron mientras trabajaba como ayudante en una tienda de víveres. Al ser arrestado negó todas las acusaciones, pero al mostrarle un machete cubierto de sangre y tejidos humanos que habían hallado en su casa, se derrumbó y aceptó ser culpable de catorce asesinatos.

Costa era un joven humilde con apariencia gentil que creció en Rocinha, la favela más grande de Río de Janeiro, en una casa que no tenía luz ni agua corriente. Su padre lo había abandonado al nacer, por lo que fue criado por varios miembros de su familia materna, quienes lo golpeaban y abusaban sexualmente.

A los catorce años empezó a prostituirse y ejecutar robos menores. Fue capturado y llevado a un reformatorio de donde escapó en varias oportunidades. A los diecisiete intentó violar a su hermano menor y fue golpeado por sus familiares.

Durante los siguientes años se dedicó a consumir droga y prostituirse. Río era una ciudad gobernada por traficantes y visitada por cientos de turistas extranjeros, algunos de los cuales buscaban experiencias sexuales extremas.

Al mismo tiempo, Marcelo entabló una relación con un hombre mayor con el que se fue a vivir, hasta que su estilo de vida produjo una ruptura.

A los veintitrés, abandonado y deprimido regresó con su familia, que se había trasladado a Itaboraí, un municipio cercano a la ciudad de Niterói, desde donde se desplazaba para trabajar como ayudante en un comercio.

Al mismo tiempo, empezó a asistir a la Iglesia Universal del Reino de Dios, donde fue reconocido como un ferviente seguidor de los discursos del pastor, así como por reírse solo, lanzarse al piso en oración y quedarse rezando después de los servicios religiosos.

Fue a partir de las prédicas y los sermones que justificaría sus crímenes. La iglesia hacía énfasis en la idea de que la sangre de Cristo había limpiado los pecados del mundo y de que los niños menores de trece años eran ángeles, conceptos que el vampiro mezcló con sus propios deseos sádicos, creando una narrativa que motivaría sus crímenes.

A los veinticuatro, Marcelo Costa era un pedófilo que gracias a la interpretación de las creencias de su iglesia tenía una justificación interna para convertirse en asesino. En su mente, matar niños no era un crimen sino una acción sagrada, como él mismo afirmó ante la prensa: "Yo prefiero a los niños jóvenes porque se ven mejor y su piel es más suave, además el padre dice que los niños que mueren antes de los trece años se van al cielo automáticamente, por eso yo les hago el favor de enviarlos al cielo" (revista *La Piaf*, 17 de diciembre de 2020).

De la misma forma, el acto de beber la sangre tiene un componente simbólico relacionado con la vida. El asesino piensa, al igual que Elizabeth Báthory, que la sangre le dará vitalidad y juventud, percibiendo a sus víctimas como objetos, lo cual resulta evidente en sus confesiones: "Le tiré un montón de rocas en la cabeza (...) entonces llené un tarro que llevaba al trabajo con su sangre y me la bebí toda", explicó frente a los periodistas.

La técnica que utilizó fue siempre la misma, engañaba con dulces a niños pobres entre los seis y los doce años, hasta llevarlos a terrenos descampados donde los violaba, les rompía la cabeza utilizando una roca y los remataba ahorcándolos con sus propias camisetas. Acto seguido, llenaba un recipiente de plástico con su sangre, tenía sexo con los cadáveres y extirpaba el corazón con un machete para dejarlo abandonado junto al cuerpo.

Durante su presentación sorprendió a los periodistas al narrar los detalles de sus crímenes, lo que fue criticado duramente por algunos psicólogos que acusaron a los medios de hacerle apología. No obstante, sus narraciones nos sirven para entender su percepción del mundo, como esta descripción que hizo de su tercera víctima: "Besé su boca y lo dejé dormir. Encontré una gran piedra y le rompí la cabeza (…) sangraba mucho. Tome una olla y dejé que la sangre fluyera en su interior, la bebí toda, lo violé y lo disfruté".

También se conoció que tenía algunos gustos retorcidos, pues cantaba las canciones del *Show de Xuxa* mientras escuchaba una grabación de su hermano menor llorando. Así mismo manifestó que había intentado suicidarse y que odiaba a las mujeres, a quienes consideraba menos que animales.

Al final fue declarado inimputable pues los psiquiatras certificaron que no era consciente de sus actos; aunque nunca se entregó un diagnóstico claro, la prensa especuló que sufría de esquizofrenia.

Debido a su condición, no hubo juicio, ni se aclaró el número real de asesinatos, que algunos periodistas y policías han cifrado en setenta y ocho, de acuerdo con el número de niños desaparecidos en la zona mientras se mantuvo activo.

A partir de 1992 estuvo internado en el hospital psiquiátrico Héctor Carrillo en Niterói, de donde huyó en 1997, siendo recapturado una semana después en la ciudad de Ceará, desde donde quería ir a Israel, pues allí "se encontraría con Dios". En la actualidad, se encuentra recluido en el Hospital Henrique Roxo, donde recibe visitas de sus familiares sin mayores medidas de seguridad.

A MANERA DE CONCLUSIÓN

El vampiro, más que una criatura mítica, representa un aspecto oscuro y lóbrego de los seres humanos. Aristas nebulosas conectadas con la muerte y la destrucción, que se explayan en leyendas ligadas a enfermedades y desgracias, sintetizándose en los casos de asesinos vampíricos.

El psicoanalista Carl Jung propuso que estas criaturas representan a la humanidad y sus temores, que se condensan en una especie de "sombra". En este sentido, los vampiros serían un arquetipo que actuaría como una sombra colectiva que refleja nuestros peores deseos. Tal vez por ello son tan atractivos en el cine, la literatura y la televisión. Aunque ahora se enamoren y sufran de despechos y sean bellos e inteligentes como los protagonistas de la saga de *Crepúsculo*.

Seguramente, detrás de estas "sombras", de cada una de estas tradiciones, hay cientos de seres humanos, docenas de Báthorys que propiciaron los mitos que justificaron los rituales y las prácticas religiosos de centenares de pueblos.

El vampirismo atraviesa la historia como una efigie cruel. Desde los nosferatus de la Edad Media hasta el "Vampiro de Niterói", los casos y las tradiciones se conectan con personas despiadadas y enfermas que nos permiten entrever los oscuros laberintos de la mente.

Si nos internamos en la médula de la historia, el vampiro deja de ser una criatura de las tinieblas, para transformarse en un humano trastornado. Como el príncipe Vlad Tepes, que lucha por imponerse sobre los demás hasta ser transformado en Drácula por su actuar sangriento, inspirando a media docena de escritores.

II
CANÍBALES

Aunque el hecho de matar y devorar a otro nos parezca horroroso, la antropofagia ha sido una constante en la historia de la humanidad. Registros científicos confirman que nuestros antepasados comieron carne humana durante hambrunas, cataclismos, o en rituales místicos, para lograr sobrevivir a condiciones extremas y transmitir sus genes hasta nosotros, rompiendo el tabú que algunas sociedades han impuesto sobre el canibalismo.

La expresión *caníbal* proviene de la conquista española y deriva de la palabra *cariba*, que fue el nombre de una etnia de las Antillas que entró en contacto con Cristóbal Colón en 1493, durante su segunda expedición, y que él describió como un pueblo guerrero que devoraba a sus enemigos luego de complejas ceremonias en las que invocaba a los espíritus que habitaban en el interior de sus cuerpos.

Aunque los apuntes del navegante nos puedan parecer exagerados, y se utilizaron para justificar el exterminio de los indígenas, hallazgos arqueológicos confirman gran parte de sus aseveraciones.

Sin embargo, la práctica del canibalismo es mucho más antigua que el descubrimiento de América. En el año 2015, la Universidad College de Londres examinó varios restos encontrados en la cueva de Gough, en Inglaterra, que databan del año 14.700 a. C., y descubrieron que su carne había sido separada de los huesos para ser comida y que los cráneos habían sido modificados para transformarlos en vasos y copas, con fines desconocidos.

Igualmente, las radiografías de los huesos mostraron que habían sido fracturados para consumir el tuétano y que poseían docenas de marcas de dientes que fueron identificados como humanos. Lo que nos lleva a concluir que el canibalismo es una de las prácticas más antiguas de la humanidad.

Cabe anotar que también se utiliza el término *antropófago* para hacer alusión a los caníbales, y que traduce "aquel que come hombres", categoría que incluye a una serie de animales como los tigres, tiburones y buitres que se alimentan de nuestra especie. En la actualidad, la antropología divide al canibalismo en dos categorías: el canibalismo por supervivencia y el canibalismo aprendido o antropofagia consuetudinaria. A las que propongo agregar una más: el canibalismo por placer, el cual explicaremos más adelante, cuando estudiemos los casos de algunos asesinos caníbales que se dejaron arrastrar por el goce que les producía la carne de sus víctimas.

Sin embargo, antes de internarnos en las mentes de estos sombríos personajes, debemos comprender el canibalismo en todos sus aspectos.

CANIBALISMO POR SUPERVIVENCIA

¿Alguna vez ha pensado qué haría si estuviera encerrado en una jaula con su familia y sin comida? ¿Se comería a sus hijos? ¿Se mataría para que los otros vivieran? ¿Esperaría a que alguien falleciera para almorzárselo?

Si estas preguntas lo han hecho pensar, debo decirle que ya fueron resueltas por un grupo de personas que devoraron a sus familiares y amigos con el fin de sobrevivir, bajo la presión de pestes y catástrofes devastadoras en diferentes tiempos históricos. A este tipo de comportamiento lo llamamos "canibalismo por supervivencia", y es un tipo de conducta ejercida por individuos que se ven obligados a alimentarse de su propia especie para mantenerse con vida. Por ejemplo, los bagres alemanes se comen a sus familiares si no tienen suficiente proteína; así como las hembras de los hámsteres devoran a sus crías más débiles cuando no tienen la energía suficiente para nutrir a su camada. Entre los humanos, existen numerosos casos registrados que están relacionados con individuos aislados y sin alimento que terminaron por devorarse entre sí.

Este tipo de práctica ha sido tan común que fue reglamentada por la llamada "Ley del mar", que ha sido acatada por los marineros durante siglos y que especifica que en caso de que un grupo de sobrevivientes quedase a la deriva en alta mar sin ningún alimento, deberán echar a suerte quién será sacrificado para servir de comida a los demás. Este procedimiento podía repetirse tantas veces como fuese necesario hasta que los supervivientes fuesen rescatados, o quedase un único náufrago en la balsa.

Aunque pueda parecer ficción, la "Ley del mar" se ha aplicado en más de una oportunidad. Tal es el caso de la fragata La medusa, que quedó encallada en 1810, en un banco de arena a 80 kilómetros de las costas de África.

Durante las primeras horas del desastre, mujeres y soldados lograron escapar en los botes salvavidas que resultaron insuficientes para transportar a los 400 tripulantes de la embarcación, algunos de los cuales construyeron y abordaron una improvisada balsa que quedó a la deriva. Las corrientes marinas llevaron a la rudimentaria embarcación mar adentro, dejándola a merced del clima pues no había forma de manejarla.

Durante los primeros días, los marineros se comieron sus ropas e intentaron pescar. Luego, según Jean Henri Savigny, uno de los náufragos: "Se vieron en la necesidad de completar la ración de vino con agua salada y orina, y al tercer día aparecieron los primeros casos de canibalismo".

Tras dos semanas de flotar sin rumbo, un navío francés los encontró. Para ese momento solo quedaban quince supervivientes que se habían alimentado de sus compañeros, cuya carne estaba extendida sobre la popa en forma de tiras para ser secada al sol: "Veíamos aquella horrible comida como el único medio de prolongar nuestra existencia", declaró Savigny al ser entrevistado en París, varios meses después.

Sin embargo, lo ocurrido con La medusa no es un caso aislado. Existen decenas de situaciones en las que grupos o individuos han debido recurrir al canibalismo para sobrevivir, algunas de las cuales estudiaremos a continuación.

CANIBALISMO SOBRE EL HIELO, LA EXPEDICIÓN FRANKLIN

El siglo XIX fue el siglo de los exploradores. Las potencias intentaban alcanzar los extremos más distantes del globo, escalar cimas inaccesibles y adentrarse en las selvas más espesas, para demostrar su poderío y expandir su territorio en un mundo que les era desconocido.

Franceses, estadounidenses y británicos se internaron en desiertos, pantanos y tundras, y aunque la mayoría de sus expediciones sufrieron dificultades, ninguna sufrió un destino tan cruel como la expedición de John Franklin.

La Expedición Franklin fue uno de los sucesos más importantes de su tiempo y se originó debido a la obsesión inglesa por conseguir una ruta más corta para rodear América, pues hasta la construcción del canal de

Panamá, toda embarcación debía cruzar el estrecho de Magallanes para llegar al Pacífico.

Con anterioridad, algunos navegantes, como Martin Frobisher en 1576 o John Ross en 1818, habían intentado encontrar un paso, siguiendo la línea costera de Canadá, pero fracasaron debido a las inclemencias del clima, pues se acercaron demasiado al Polo Norte.

Pensando que podía triunfar en donde otros habían fallado, John Franklin solicitó permiso a la reina Victoria, quien al enterarse de que era oficial de la Armada Británica y había participado en dos expediciones árticas como comandante, le concedió el título de explorador.

Franklin tenía cincuenta y nueve años y fantaseaba con el reconocimiento del que gozaban otros expedicionarios; entonces adquirió una gran cantidad de provisiones y dos barcos con nombres insólitos: el Erebus y el Terror, que poseían una capacidad de carga de trescientas setenta y ocho y trescientas treinta y una toneladas, respectivamente, y estaban acondicionados con motores de vapor y la más avanzada tecnología de su época.

La expedición zarpó de Greenhithe (Inglaterra) el 19 de mayo de 1845, con una tripulación de veinticuatro oficiales, ciento diez hombres y una gran cantidad de provisiones que incluían bueyes vivos y ocho mil latas de carne que estaban contaminadas con plomo según análisis posteriores.

Durante los primeros días siguieron el curso proyectado, bordeando Groenlandia donde sacrificaron los bueyes, enviaron cartas a sus familiares y devolvieron a cinco hombres que se encontraban enfermos en el Junior Barretto, un pequeño barco que los acompañaba.

El último avistamiento de la expedición sucedió cuatro meses después, a finales de agosto, cuando el capitán del ballenero Prince of Wales, registró haberlos identificado en la bahía de Baffi mientras esperaban que mejorara el tiempo para rodear el círculo ártico.

Luego de este avistamiento no existen registros, y aunque la incomunicación era común en esta clase de expediciones, los años fueron pasando, llenando de preocupación a sus familiares, que presionaron al Gobierno inglés por una respuesta.

Dicha respuesta fue entregada luego de treinta y siete expediciones que armaron el rompecabezas de los aciagos acontecimientos que se desencadenaron luego de que los navíos quedaran atrapados y se fragmentaran por la presión del hielo, después de meses de sufrimiento, que llevaron a que los exploradores se comieran entre sí.

A continuación, reconstruiremos los instantes que desencadenaron la tragedia, y lo haremos a partir de los informes de expedicionarios, indígenas locales y arqueólogos.

Según notas y cartas que se encontraron en la zona, en septiembre de 1846, el Erebus y el Terror quedaron encallados entre una capa de hielo que se formó frente a la Isla del Rey Guillermo y empezaron a deteriorarse, por lo que la tripulación tuvo que abandonarlos con dirección a tierra firme.

Dos de los náufragos, identificados como los comandantes Fitzjames y Crozier, dejaron una carta apuntando que Franklin habría muerto el 11 de junio de 1847 y que el resto de la tripulación construyó campamentos con materiales traídos de los barcos y así sobrevivieron hasta el año de 1848, época en que la situación se volvió crítica, las raciones se agotaron y las temperaturas bajaron hasta los treinta y cinco grados bajo cero, y no poseían las frazadas ni el equipamiento adecuados. Además, la mayoría padecía tuberculosis y estaba demasiado débil para intentar navegar en alguno de los botes salvavidas que aún guardaban.

En una acción desesperada, el 26 de abril de 1848, los sobrevivientes que intentaron caminar sobre el hielo que cubría el mar hasta el territorio continental canadiense murieron en su mayoría por el camino, hasta que solo treinta supervivientes lograron llegar, para formar un pequeño campamento que, igual, no resistió el invierno.

Según las tradiciones de los inuit, que habitan la región desde hace siglos, un grupo de extraños llegaron desde el mar y construyeron una casa, pero como no sabían cazar ni pescar, se comieron unos a otros.

Estudios arqueológicos confirman las leyendas, incluyendo la práctica del canibalismo. Durante los años ochenta y noventa, varios equipos de investigadores llegaron hasta la zona y recuperaron trescientos cuatro huesos, noventa y dos de los cuales tenían marcas de corte y descarne que representan pruebas de canibalismo. Igualmente, las radiografías muestran que algunos fémures fueron triturados para extraerles la médula, así como marcas de cuchillo y fracturas que evidencian actos de violencia con anterioridad a la muerte.

Dadas las condiciones que tuvieron que afrontar los sobrevivientes, no es difícil imaginar lo que pudo sucederles cuando se les agotó la comida envenenada con el plomo de los recipientes en los que se almacenaba.

Tristemente no hay ningún testimonio sobre su final, pues no existió ningún sobreviviente que pudiera relatar su historia, ya que la mayoría pereció en el hielo o vagando entre las tundras de un mundo que no comprendieron, pues existen evidencias de que evitaron el contacto con los inuit por sus diferencias culturales. Muchos de sus cuerpos todavía se hallan en el mismo lugar, donde permanecen momificados, gracias al frío que conserva sus horrendas muecas de espanto y la ropa que llevaban puesta, que han sido fotografiadas por docenas de universidades estadounidenses y británicas durante la última década.

Sin embargo, a pesar del gran número de expediciones que se han efectuado en su búsqueda, la tumba de John Franklin nunca fue encontrada, lo que produjo que su nombre se transformara en una leyenda en su tierra natal, en donde erigieron una estatua suya y se le honra como a un héroe.

Finalmente, el Erebus y el Terror fueron encontrados en una expedición pagada por la Autoridad de Parques de Canadá en 2015, cuyos buzos confirmaron que sus motores estaban en buen estado y que debajo del agua no había restos humanos. Lo que nos lleva a concluir que todos murieron en la superficie.

MATAR O MORIR: LA PESADILLA DEL ESSEX

En muchas oportunidades, los versos y la ficción se entremezclan con la realidad. Por ejemplo, cuando Herman Melville escribió su novela *Moby Dick*, en la cual una ballena destroza un puñado de barcos, realmente estaba relatando uno de los peores episodios de canibalismo del siglo XIX: la tragedia del ballenero Essex.

El Essex fue un barco ligero, fabricado a comienzos del siglo XIX en Nantucket, Estados Unidos, que poseía veintisiete metros de eslora, una capacidad de doscientas treinta y ocho toneladas de carga y tres arpones de acero.

Su capitán era George Pollard, un joven de veintiocho años con poca experiencia y la obligación de comandar a veinte marineros, entre los cuales había dos oficiales, tres arponeros y un grumete.

Eran tiempos en los que la cacería de ballenas era extremadamente rentable pues su aceite era utilizado como combustible para lámparas y la fabricación de velas de sebo. Se estima que hubo más de mil balleneros en alta mar durante la primera mitad del siglo XIX, cuyas expediciones duraban entre dos y cinco años, y que tenían por destino final a los Estados Unidos, donde se pagaba mejor por la grasa.

El barco soltó amarras en Nantucket el 12 de agosto de 1819, con provisiones para un viaje de dos años, y se dirigió al Pacífico Sur, deslizándose sobre las corrientes que atraviesan los abismos oceánicos que separan a Australia de Sudamérica, y que son el hogar de miles de especies que atraen a las ballenas.

El 16 de noviembre de 1820 detectaron un grupo de cachalotes que atacaron con arpones, desgarrándolos e hiriéndolos, y que intentaron rematar utilizando garfios, cuando un cetáceo de gran tamaño los embistió con tanta fuerza que rompió el casco del barco. La tripulación consiguió escapar utilizando los botes salvavidas hasta la isla Henderson que se encontraba a pocas millas, donde hallaron una pequeña fuente de agua y una colonia de aves que agotaron en menos de una semana.

Desesperados discutieron y, a pesar de las súplicas, el capitán les ordenó subir a los botes con destino a Sudamérica en lugar de navegar hasta las islas Marquesas que se encontraban cerca, pues según él estaban pobladas de caníbales. No obstante, tres hombres resolvieron quedarse, convencidos de que pronto los rescatarían.

Ya en altamar, el hambre y el clima fueron debilitándolos, y fueron víctimas de la fiebre, el escorbuto, e incluso presentaron síntomas de tuberculosis. Uno a uno fueron desfalleciendo y sus cuerpos lanzados por la borda, lo que produjo que la autoridad de Pollard fuera cuestionada y la anarquía se apoderara de los botes. El 14 de enero de 1821, el barco que era comandado por el arponero Obed Hendricks se quedó sin suministros, y el 20 de enero murió el marinero Lawson Thomas, cuyos músculos fueron cortados, secados al sol y engullidos.

Aunque el hecho fue horroroso, lo peor estaba por llegar. Una tormenta azotó el océano, lo que provocó que las embarcaciones se separaran; además, dos marineros llamados Charles Shorter e Isiah Shepard sucumbieron en medio de diarreas y fiebres, siendo canibalizados de inmediato.

Extenuados y sin más opciones, aplicaron la "Ley del mar" y realizaron un sorteo para determinar quién debía ser asesinado para asegurar la supervivencia de los otros. Un joven llamado Owen Coffin (ataúd, en inglés) resultó perdedor a pesar de ser primo del capitán Pollard, quien se negó a matarlo. Entonces realizaron un nuevo sorteo en el que seleccionaron a Charles Ramsdell como verdugo, quien le disparó en la cabeza a Coffin y luego lo descuartizó para repartirlo entre la tripulación, a pesar de considerarlo su mejor amigo.

La lluvia y la sangre impidieron que se deshidrataran, y aunque el sol no les hacía daño por estar en las inmediaciones del Cono Sur, el frío les causaba hipotermia y desvanecimientos. Llenaron sus anzuelos con carne humana pero no encontraron pesca y royeron los huesos hasta sorberles el tuétano.

Luego de un mes a la deriva, el 23 de febrero de 1821, el ballenero Dupin (también procedente de Nantucket) encontró la balsa donde viajaba Pollard, quien se hallaba delirante junto a Ramsdell. Ellos dos eran los únicos sobrevivientes del bote, pues el resto habían sido literalmente tragados.

Por su parte, la barca que transportaba a Benjamin Lawrence y Thomas Nickerson fue rescatada por el Indian, un mercante británico que los llevó hasta el puerto de Valparaíso en Chile donde informaron a los oficiales sobre los tres hombres que se habían quedado en la isla Henderson, que fueron encontrados al borde de la muerte.

Al final, sobrevivieron doce personas, entre las que estaban el primer oficial Owen Chase y Thomas Nickerson, un grumete de quince años. Ellos escribieron sus experiencias en dos libros que nos han servido para contar su historia.

Con el transcurrir de los años, George Pollard volvió a su oficio de capitán, pero naufragó en 1823, razón por la que fue rechazado y terminó como vigilante en los muelles.

Además de las amarguras que afrontaron los sobrevivientes del Essex, existen algunas críticas sobre su comportamiento, como que los primeros en ser engullidos fueron los negros, quienes fueron separados entre los botes para que no se rebelaran, mientras se les daba menos comida. Igualmente se desconoce la suerte de los ocupantes del tercer bote, aunque algunos historiadores especulan que fueron devorados por sus compañeros.

El suceso del Essex tuvo tanto impacto en la cultura popular que su historia ha servido de inspiración para docenas de películas como *El corazón del mar* (2015), del director Ron Howard, o clásicos de la literatura como *La narración de Arthur Gordon Pym*, de Edgar Allan Poe, y *La esfinge de los hielos,* de Julio Verne.

A pesar de la crudeza y la popularidad de los naufragios del siglo XIX, existen casos de canibalismo por sobrevivencia más cercanos a nuestra época, que nos resultan sorprendentes y que analizaremos a continuación.

HORROR EN LOS ANDES: EL VUELO 571 DE LA FUERZA AÉREA URUGUAYA

Corría el viernes 13 de octubre de 1972 cuando un fuerte ruido sacudió los cerros que separan Argentina de Chile. Un avión modelo Fairchild Hiller FH-227 de la Fuerza Aérea Uruguaya se había estrellado contra la cordillera, desperdigando a sus ocupantes sobre los desolados glaciares que invadían la zona. Así se inició uno de los episodios más extraordinarios de todos los tiempos: "El milagro de los Andes".

El avión había despegado el 12 de octubre de 1972 del Aeropuerto de Carrasco en Montevideo, con cuarenta y cinco pasajeros, entre los que se encontraba el equipo de rugby del Club de Exalumnos del Colegio Stella Maris, que se dirigía a disputar un partido contra el Club Old Boys de Santiago de Chile.

A pesar de que la tripulación estaba encabezada por Julio César Ferrada —un coronel de amplia experiencia— y Dante Lagurara —un avezado copiloto con entrenamiento en este tipo de aparatos—, una serie de errores de navegación y eventos climatológicos los llevarían al desastre.

El día anterior habían tenido que descender en la ciudad de Mendoza, Argentina, ya que existían reportes de ráfagas de aire y nubosidad en su ruta, a pesar de los cuales continuaron su viaje al día siguiente, luego de cargar algunas provisiones.

Su plan era atravesar los Andes por el Paso del Planchón, un accidente geográfico que había sido utilizado desde siglos atrás para cruzar la cordillera debido a su fácil acceso. Sin embargo, confundieron el rumbo y se desviaron más de cien kilómetros, dirigiéndose directamente contra el volcán Tinguiririca de 4.260 metros de altitud, ubicado en la zona central de Chile.

Al observar que se dirigían hacia las montañas, el piloto intentó levantar la nariz del avión, pero no pudo conseguir la altura suficiente pues tenía el viento en contra. La cola chocó con el suelo rompiendo la aeronave en dos. Dos hileras de sillas salieron despedidas al vacío junto con sus ocupantes, que fallecieron de inmediato. Al caer, la inercia mantuvo a la cabina en movimiento, disparada como si fuera una bala, hasta que el roce con el hielo la dejó inmóvil.

La sección principal del avión quedó atrapada entre una pendiente a 3.500 metros, conocida como el Glaciar de las Lágrimas, en la cuenca del río Atuel de Argentina, que se encontraba bastante alejada de los principales centros poblados, lo que dificultó el rescate.

De los cuarenta y cinco ocupantes, quedaron vivos veintisiete. Marcelo Pérez, el capitán del equipo de rugby, organizó la atención de los heridos y construyó un refugio entre los restos del fuselaje utilizando el equipaje y trozos de las alas.

En pocos minutos se dieron cuenta de que estaban perdidos, y atrapados por montañas colosales donde las temperaturas oscilaban entre los seis y los treinta grados bajo cero. Al inspeccionar la cabina, encontraron al piloto muerto, mientras que su segundo, el coronel Laguarara, estaba atrapado entre el asiento y el techo, agonizante.

El militar les solicitó agua, por lo que le suministraron algunos fragmentos de hielo. Luego, les señaló un pequeño maletín donde encontraron un revólver y pidió que le dispararan, lo que no fueron capaces de hacer, por lo que el hombre agonizó durante toda la noche. A pesar de la tristeza que los embargaba, los supervivientes lograron adaptarse. Enterraron los cadáveres, construyeron hamacas para los enfermos, improvisaron torniquetes con tubos y mallas, racionaron los alimentos y consiguieron hacerse zapatos para el hielo con el metal de la cabina.

El hecho de que la mayoría de los supervivientes hicieran parte de un equipo de rugby facilitó su organización, pues dejaron las decisiones a los líderes naturales, como el capitán y sus segundos, a pesar de que algunos tenían solo veinte años. Por otro lado, la mayoría de los equipos de rescate estaban a cientos de kilómetros de distancia, por las indicaciones que le había dado la tripulación a la torre de control antes del accidente, y los aviones que se les acercaban volaban tan alto que no podían verlos. Con el pasar de los días, algunos de los heridos fallecieron por las temperaturas y la falta de atención médica, y las provisiones se les agotaron.

Pero mientras unos se extinguían otros despertaban, como Nando Parrado, quien abrió sus ojos luego de tres días de estar en coma, para ver morir a su hermana que se encontraba agonizante y enterrar a su madre, que había fallecido en el momento de la colisión. Ese mismo día, él y sus compañeros lograron sintonizar una estación de radio en la que se anunciaba que "la Fuerza Aérea y los equipos de salvamento habían abandonado su búsqueda".

Enseguida entraron en shock y empezaron a llorar. "Ahora dependemos de nosotros mismos", les contestó Parrado, insistiendo en la necesidad de buscar ayuda.

Guiados por el estudiante de medicina Roberto Canessa, adoptaron medidas desesperadas, se forraron el rostro y la cabeza, y dormían usando doble pantalón y tres pares de medias; y se daban masajes unos a otros para reactivar la circulación y evitar la hipotermia.

Luego de dieciséis días, y cuando habían logrado adaptarse, una enorme avalancha se descolgó desde las cimas sepultando los restos del fuselaje, causando la muerte de ocho sobrevivientes, entre los que estaba Marcelo Pérez, el capitán del equipo.

El tiempo siguió su curso, dejando únicamente a dieciséis sobrevivientes que debieron tomar una decisión radical para mantenerse con vida: alimentarse de la carne de sus amigos muertos. Aunque al comienzo algunos se negaron por principios religiosos, Roberto Canessa tomó un fragmento de vidrio, se dirigió hacia uno de los cadáveres, le arrancó algunas partes y las engulló; acto seguido, varios de los demás, hambrientos, lo imitaron.

Sobre el asunto, José Algorta, uno de los sobrevivientes, comentó a la revista *Panorama* en el 2012: "Algunos se impresionaron mucho al comer carne humana por primera vez, pero al cruzar ese umbral, nos dimos cuenta que era lo mejor que podíamos hacer... A medida que comía se fortalecían mis ganas de seguir viviendo". Igualmente, Nando Parrado declaró en 2016 a la revista *20 Minutos* de España: "En medio de los Andes no es el cuerpo de tu amigo, es comida". Por más de un mes se alimentaron de carne humana y agua, intentando recobrar fuerzas para escapar de los hielos. Sin embargo, los cuerpos no eran suficientes y se empezaron a agotar. Algunos comenzaron a soñar que serían asesinados una vez se acabaran los cadáveres. Fue entonces cuando Canessa y Parrado empezaron a prepararse para cruzar la cordillera, pues estaban decididos a arriesgar sus vidas para salvar al grupo.

Luego de sesenta y dos días, se armaron de provisiones, un aislante térmico, una buena cantidad de carne, y emprendieron un largo camino que los llevaría a la civilización. Por diez días solo encontraron rocas y hielo, y pensaron que morirían entre las montañas. No obstante, luego de cincuenta y nueve kilómetros de marcha, llegaron hasta la región de Los Maitenes en Chile, donde avanzaron hasta encontrarse con un campesino que estaba separado de ellos por un río que se encontraba crecido. A él, Parrado logró enviarle el siguiente mensaje amarrado a una piedra: "Vengo de un avión que cayó en las montañas. Soy uruguayo. Hace 10 días que estamos caminando. Tengo un amigo herido arriba. En el avión quedan 14 personas heridas. Tenemos que salir rápido de aquí y no sabemos cómo. No tenemos comida. Estamos débiles. ¿Cuándo nos van a buscar arriba? Por favor, no podemos ni caminar. ¿Dónde estamos?".

Al leer el texto, el hombre avisó a la Policía chilena, que alertó a los servicios de rescate de la Fuerza Aérea, la cual movilizó tres helicópteros Bell UH-1 con médicos, socorristas y Nando Parrado, que les sirvió de guía.

En diciembre de 1972, catorce sobrevivientes fueron rescatados de los restos del Fairchild Hiller, que había permanecido enterrado por más de dos meses entre cordilleras de Sudamérica, y sirvió de hogar a un grupo de jóvenes malheridos y sin equipamiento que lograron mantenerse vivos gracias a su férrea voluntad y su espíritu.

El suceso fue noticia mundial y ha sido tan significativo para el pueblo uruguayo que se ha construido un museo en su honor en la ciudad de Montevideo, en el cual se exhiben fotografías, piezas del avión y algunos artilugios que fueron elaborados por los supervivientes durante su estancia en los cerros.

El acto de alimentarse de carne humana fue determinante, pues sin comerla hubieran perecido rápidamente. No obstante, existen otras formas de canibalismo que no están conectadas con la subsistencia sino con la creencia. Es sobre estas manifestaciones que nos ocuparemos a continuación.

CANIBALISMO APRENDIDO, CANIBALISMO CULTURAL

Aunque el canibalismo es tan antiguo como la humanidad y sus practicantes han sido despreciados y tratados como monstruos por diversas culturas, la antropofagia tribal está basada en creencias espirituales que distan de ser expresiones primitivas.

En la mitología griega, por ejemplo, los comportamientos antropófagos están presentes en sus mitos y leyendas, especialmente en una de las más importantes: "El confinamiento de Cronos y el nacimiento de los dioses".

De acuerdo con la tradición, Cronos fue uno de los primeros titanes que gobernó el Olimpo luego de castrar y derrocar a su padre Urano, por lo que fue condenado a ser reemplazado y aprisionado en el tártaro por uno de sus hijos. Al conocer su maldición, decidió devorar a sus vástagos para evitar que crecieran y pudieran atacarlo, haciendo que su esposa Rea pariera directamente sobre su boca para engullir y digerir a sus críos tan pronto diera a luz.

Embarazada y a la espera de un varón, Rea huyó hacia la isla de Creta y le entregó una piedra envuelta en una manta, que Cronos tragó pensando que era uno de sus descendientes; así, lo engañó y le salvó la vida al bebé, que creció entre la oscuridad de una cueva, donde fue educado y bautizado como Zeus, quien al crecer combatió a su padre junto con sus hermanos Poseidón y Hades, y lo derrotó para transformarse en el rey del Olimpo. En este mito, el canibalismo de Cronos representa una herramienta para escapar del destino y mantener el poder, aunque como en toda epopeya griega, el universo conspira y los designios sagrados se cumplen a pesar de cualquier esfuerzo por parte del afectado.

Sin embargo, el canibalismo mítico no solo está presente en los antiguos griegos sino en el cristianismo, especialmente en el ortodoxo y católico, pues durante la liturgia se llevan a cabo actos de canibalismo simbólico. Al comulgar mediante hostias o panes, los feligreses comen la carne del Salvador mientras el sacerdote toma vino que representa la sangre de Cristo.

A pesar de que se trata de un rito, en el fondo posee un contenido antropófago y vampírico.

Ritos como estos, en los que se come carne y se toma la sangre de una divinidad, son similares a los ritos caníbales que según los antropólogos están basados en la idea de que, al consumir la carne de su enemigo o víctima, la fuerza o inteligencia del fallecido se fusiona con la de quien la come, acoplándose a su cuerpo y espíritu.

Podemos encontrar un ejemplo de esto en los antiguos tupí-guaraní, que poblaban el actual Brasil, quienes desarrollaron la creencia de que los seres humanos acumulan energía durante toda su existencia. Según el antropólogo Alfred Métraux, esa energía podía ser utilizada por quien la consuma para trascender los límites de la conciencia, accediendo a un plano espiritual llamado "La tierra sin mal", donde el sujeto escapaba a todo daño y ascendía a un nivel cósmico superior.

Investigadores como Marvin Harris llegan a la conclusión de que el canibalismo se produce en sociedades guerreras en las que no existe la ganadería o la posibilidad de cazar animales grandes. Lo que podría explicar este tipo de prácticas entre los aztecas, pero que excluyen a otros grupos donde no se realiza como alimento sino como parte de un ritual, como es el caso de los pigmeos de África central.

Todas estas formas de canibalismo son enseñadas de padres a hijos o por la sociedad, mediante la religión, las instituciones o el gobierno, por lo que lo denominamos canibalismo aprendido o canibalismo cultural.

Pero, a pesar de que el canibalismo aprendido ha sido analizado y explicado detalladamente por la ciencia, el cine y la televisión han creado una versión caricaturesca de estas manifestaciones con el fin de generar recursos económicos.

Durante los años ochenta y noventa fueron populares producciones como *Holocausto caníbal* del director italiano Ruggero Deodato y el guionista Gianfranco Clerici, quienes explotaron el sensacionalismo hasta el límite, grabando la muerte de varios animales y registrando escenas cercanas a la pornografía.

Filmada en 1979 en la Amazonía colombiana y protagonizada por Carl Gabriel Yorke y Francesca Ciardi, la película tiene por argumento una supuesta expedición que entra en la jungla y descubre accidentalmente a una tribu caníbal que termina por devorar a todos los protagonistas. Sus imágenes son tan crudas que fue prohibida en varios países, y es considerada una de las precursoras del género del "shockumentary", en el que se engaña al espectador fingiendo que la trama es real.

Al margen de la controversia, *Holocausto caníbal* abrió la puerta a películas como *Cómela viva* de 1980, *Caníbal feroz* de 1981 y *Caníbal terror* de 1981. Todas ellas cargadas de imágenes grotescas que llenaron los bolsillos de pequeñas productoras, que en su mayoría eran de origen italiano.

Estas imágenes se aprovecharon de la leyenda negra que arrastran los pueblos antropófagos, convirtiéndolos en caricaturas de seres primitivos, y que prometen llevar al espectador a un universo de brutalidad y barbarie.

No obstante, los pueblos que ejecutan estas prácticas las realizan en momentos específicos y bajo normas estrictas, que dan sentido a su comunidad y hacen parte de su identidad, como analizaremos en las siguientes páginas.

EL ORIGEN DEL TABÚ, EL KURU Y LOS FOE DE NUEVA GUINEA

Aunque la mayoría de los seres humanos rechazan la idea de comerse unos a otros, algunos lo hacen sin mostrar repulsión. Pero ¿a qué se debe esta diferencia? ¿Se trata de un instinto básico o una reacción aprendida?; la respuesta parece estar en las teorías de Sigmund Freud, el fundador del psicoanálisis.

Según Freud, las sociedades desarrollan una serie de prohibiciones que se despliegan bajo la forma de temores sagrados o supersticiosos, ligados a una determinada práctica como el incesto o el canibalismo, que permiten controlar a los individuos y se denominan tabúes.

Los tabúes tendrían su raíz en problemáticas reales, como los inconvenientes genéticos que suponen las uniones sexuales entre hermanos o familiares cercanos; lo que genera el tabú del incesto. Así mismo, el tabú del canibalismo tendría su origen en una enfermedad producida por la ingesta de carne humana que es conocida como *kuru*, por ser el nombre que les daban los miembros de la etnia foe de Nueva Guinea a una serie de padecimientos mortales que juzgaban inexplicables.

Un médico estadounidense, Daniel Carleton Gajdusek, viajó hasta la región con el fin de estudiar la enfermedad que producía un intenso dolor en las extremidades, problemas de coordinación, temblores, espasmos y la muerte.

Carleton descubrió que la causa de los síntomas estaba en una proteína infecciosa llamada "prion" que se esparce por el torrente sanguíneo, formando bultos y agujeros en el cerebro. También registró que la mayoría de los afectados habían comido el cerebro de sus familiares fallecidos como rito funerario, pues creían que al devorarlos seguirían viviendo dentro de ellos.

Gajdusek tomó muestras de los cerebros y encontró que estaban atestados de priones. Así llegó a la conclusión de que el canibalismo era la principal forma de transmisión de la enfermedad. Se trata de un padecimiento extremadamente grave que no tiene cura. Una investigación de la Universidad de Utah determinó que no es posible destruir los priones del kuru con agua hirviendo, radiación o ácido, y que los cerebros conservados en formaldehído desde los años sesenta aún siguen infectados y son potencialmente peligrosos.

Cabe anotar que esta enfermedad es similar a la encefalopatía espongiforme bovina o "enfermedad de las vacas locas" que fue causada por alimentar a las reses con concentrados producidos a partir de su propia especie, lo que desembocó que se infectaran por un prion que les causaba la muerte después de presentar síntomas similares al kuru.

Al determinar que los priones eran prácticamente indestructibles las autoridades de Gran Bretaña sacrificaron a más de dos millones de reses, que representaban el 98 % del total de su ganado, entre 2006 y 2007.

Retomando a Freud, los tabúes y las prohibiciones tienen una raíz biológica o ambiental que desata una serie de mitos que se transforman en leyes sagradas o normas inviolables, cuyo castigo es desencadenado por fuerzas mágicas o espirituales. En este sentido, es muy probable que nuestros ancestros aprendieran las consecuencias médicas del canibalismo y lo convirtieran en una prohibición mística. No obstante, ningún tabú es universal y todavía existen algunos pueblos donde se come carne humana.

LOS KOROWAI: EL PUEBLO DE LAS CASAS EN EL CIELO

Si existe algún pueblo cuyas construcciones son dignas de admiración son los korowai una etnia que edifica sus hogares con maderos tan altos que superan las copas de los árboles de la jungla en donde viven.

Aislados por milenios entre las forestas de Nueva Guinea Occidental, sus miembros huían de los extranjeros, a los que consideraban laleos o demonios caminantes, hasta que entraron en contacto con un grupo de antropólogos en 1974.

Actualmente, el grupo está conformado por unas tres mil personas, que han sobrevivido a la presión de las compañías madereras que han fomentado la prostitución entre sus mujeres causando una epidemia de VIH, y depredando su territorio para extraer aghar, una resina aromática de alto costo en los mercados del Medio Oriente.

Al margen de sus problemáticas y sus impactantes construcciones, los korowai son conocidos por ser uno de los pocos pueblos que aún practica la antropofagia. En 2006, el antropólogo australiano Paul Raffaele, quien realizaba una expedición por la zona acompañado de un guía que hablaba korowai, logró ser recibido por la comunidad y obtuvo información valiosa sobre su cosmogonía y sus razones para comer carne humana.

Según Raffaele, los korowai consideran que si alguien muere en un accidente o por un acto violento su muerte es normal. Pero si alguien muere de una forma misteriosa (como una enfermedad), consideran que han sido atacados por un khakhua, una especie de demonio-brujo procedente del inframundo.

Los khakhua se manifiestan en el mundo terrenal poseyendo el cuerpo de un hombre (nunca una mujer) al cual se comen desde adentro, suplantándolo y atacando a sus víctimas mágicamente. Según el pensamiento korowai, para terminar los ataques y vencer al mal, deben comerse al khakhua al igual que este se comió a la persona que mató con sus poderes.

Generalmente el khakhua es identificado a través de los sueños de los chamanes, que señalan a un hombre de su mismo grupo, al que capturan, descuartizan y someten a una serie de procedimientos. Recogen abundante agua y luego descarnan, roen y limpian los restos, que cocinan en un horno de piedras y ramas, para luego comerlos junto con toda la comunidad. Enseguida, envuelven las piernas en hojas de plátano y le dan la cabeza a la persona que capturó al khakhua, para que la exhiba como un trofeo.

Aunque parecen no tener ningún tabú respecto a la antropofagia, tienen prohibido engullir el cabello, las uñas y el pene. Así mismo, los niños menores de trece años no tienen permitido comer carne humana y tampoco pueden ser identificados como khakhuas.

Para entender el papel del canibalismo en esta tribu, debemos comprender que no son una cultura salvaje, sino que sus creencias están conectadas con sus actos. Cuando Raffaele les preguntó por qué se comían a sus amigos y hermanos, le respondieron: "No comemos humanos, comemos khakhuas".

Se cree que este tipo de ritos han ido desapareciendo con la llegada de colonizadores, y solamente los grupos más alejados siguen identificando a los khakhuas y se los comen.

El caso de los korowai es una muestra de la diversidad humana, de la forma en que nuestra mente puede explicar la enfermedad y el universo, y aunque nos parezcan monstruosos, son seres humanos como usted y como los aghori, quienes son conocidos como los *necrocaníbales*.

LOS AGHORI: LOS DEVOTOS DE SHIVA

Es bien sabido que las costumbres funerarias de la India son diferentes a las occidentales, pues en lugar de enterrar a sus muertos, los creman y arrojan al Ganges, de ser posible, excepto a los niños, las mujeres embarazadas, los leprosos y las víctimas de mordedura de serpientes, cuyos cuerpos amarran a una piedra y hunden en el río por ser considerados sagrados, aunque después de unas semanas vuelven a la superficie cuando están completamente descompuestos.

Sumergidos en este misticismo viven los aghoris, que son considerados hombres santos y llevan una vida de resignación y sacrificio. Se dejan crecer la barba, permanecen desnudos y cubren su piel con las cenizas de los cadáveres que son cremados en la ciudad sagrada de Varanasi, donde protegen el fuego del dios Shiva, que sirve para liberar las almas de los cadáveres.

Sobre los misteriosos monjes aghoris, que consumen carne humana como una forma de conseguir la iluminación, si bien son temidos y adorados, se cree que únicamente quedan veinte de ellos, a pesar de que fueron miles y tenían presencia en países tan distantes como Nepal y Bangladesh. Según sus creencias, los seres humanos se encuentran atrapados en un ciclo eterno de muertes y renacimientos, que los llevan al dolor y el sufrimiento, por lo que su objetivo es escapar de este karma para alcanzar un estado de plenitud, donde el ego se disuelve y se obtiene la paz eterna.

Por ello llevan una vida ascética, caracterizada por la renuncia y disciplina. Tan pronto ingresan a la secta se les obliga a desprenderse de sus posesiones materiales, romper toda comunicación con su familia y dedicar su tiempo al yoga y la meditación. Privaciones por las que son respetados y admirados entre los que practican el hinduismo alrededor del mundo, quienes les dan limosna cada vez que se los encuentran. Es precisamente este desprendimiento el que los lleva a practicar el canibalismo, ya que consideran que tienen la obligación de comerse cualquier cosa por indigna que parezca. Así que cuando se encuentran con un cadáver que ha sido arrastrado por el río lo destazan y se lo comen mientras rezan para liberar su alma.

Luego de ingerir las vísceras y los ojos, cocinan la cabeza para limpiar el cráneo que dejan secar al sol, y después lo usan como cuenco para tomar agua o servirse arroz.

Dentro de su cosmogonía, el canibalismo está ligado con la vida; creen que la carne de los fallecidos puede retrasar el envejecimiento y proporcionarles poderes sobrenaturales, como la adivinación, curar a los moribundos o realizar viajes astrales.

Contrario a lo que se podría pensar, los aghori son extremadamente delgados pues realizan largos ayunos, por lo que padecen desnutrición, duermen durante casi todo el tiempo y sufren de innumerables enfermedades. Igualmente, se les ha dado el título de necrocaníbales ya que solamente comen carne humana en estado de putrefacción.

Sin embargo, su dieta no solo está compuesta de cadáveres, pues también consumen excrementos y orina humana, así como cadáveres de animales que encuentran abandonados, aunque la mayoría del tiempo son vegetarianos, ya que tienen prohibido matar o herir a cualquier ser vivo.

A pesar de que las prácticas aghori son un ejemplo de la ruptura de tabúes y el refinamiento místico que puede causar la antropofagia, en los últimos años se han hecho virales algunos videos en los que se les ve consumiendo cadáveres putrefactos, razón por la cual son percibidos como monstruos por algunos sectores de la sociedad occidental.

CANIBALISMO POR PLACER, ASESINOS CANÍBALES

Los caníbales que analizaremos a continuación se encuentran dentro de una categoría diferente de los casos de antropofagia que exploramos con anterioridad, ya que sus acciones estuvieron motivadas por fantasías y deseos, sin que fueran influidos por normas culturales o por la necesidad de sobrevivir.

Es por ello que proponemos una nueva categoría de canibalismo, denominada canibalismo por placer, que podríamos definir como la búsqueda del goce individual, vinculado con el acto de comer carne humana, que estaría relacionada con desórdenes sexuales en los que los individuos llegan a experimentar un profundo éxtasis sensorial y físico al cometer sus crímenes.

En la literatura médica, existen algunos ejemplos de este tipo de afecciones como la vorarefilia, que está caracterizada por la compulsión de tragar, engullir y masticar partes de otros para alcanzar el orgasmo. Sin embargo, la mayoría de quienes padecen estos trastornos no llegan al asesinato, pues escenifican sus fantasías por medio de parejas sexuales. Aunque algunos sobrepasan los límites de su imaginación y se transforman en monstruos que desatan horrores inimaginables.

Los métodos que utilizan los asesinos caníbales son muy variados. Algunos solo comen una parte del cuerpo en especial, mientras que otros aprovechan las vísceras y los huesos. Así mismo, existen casos en los que las víctimas fueron sometidas a extraños rituales, y otros, en los que fueron asesinadas y descarnadas con rapidez.

No es posible establecer un patrón único de comportamiento de los homicidas, pues su mecánica criminal varía ampliamente. Algunos de estos asesinos prefirieron consumir la carne cruda, mientras que otros cocinaron los restos para elaborar salchichas o curtieron la piel para fabricarse prendas de vestir, lo que nos muestra la diversidad de sus actos delincuenciales.

Aunque sus crímenes son brutales y atroces, el cine y la literatura han propagado la idea de que los asesinos caníbales son seres enigmáticos y refinados, gracias a personajes como Hannibal Lecter del escritor Thomas Harris.

No obstante, la mayoría de asesinos caníbales no son Hannibal Lecter, sino psicópatas perversos, que perciben a los demás como manjares parlantes que deambulan por el mundo y están listos para ser degustados.

KARL DENKE, EL CARNICERO DE SILESIA

Karl Denke nació el 10 de agosto de 1860 en Zibice, Polonia, en el seno de una familia campesina que lo maltrataba cada vez que cometía algún error. En la escuela, sus compañeros lo llamaban idiota, pues sufría de problemas de aprendizaje, tenía bajas calificaciones y se le dificultaba hablar.

Cansado del maltrato y las humillaciones, escapó de su casa, abandonó el colegio y se empleó como ayudante de jardinería, oficio que le proporcionó los recursos suficientes para sostenerse hasta los veinticinco años, cuando su padre murió dejándole una jugosa herencia con la que se compró una pequeña finca. Sin embargo, sus esfuerzos por ejercer la agricultura dieron como resultado el fracaso y tuvo que vender la propiedad para adquirir una casa de gran tamaño que arrendó. Decidió vivir en un pequeño apartamento que acondicionó en el primer piso, donde construyó un local con salida a la calle.

Con el tiempo logró ganarse la confianza de los pobladores, pues, aunque nunca se casó ni tuvo hijos, se entregó a la caridad, proporcionando comida y habitación a los desamparados que inundaban las calles y que empezaron a llamarlo papá Denke.

Curiosamente, al mismo tiempo que papá Denke frecuentaba la iglesia y entregaba generosas limosnas, empezó a ser conocido por ser el principal proveedor

Karl Denke (cadáver).
© DanielMrakic, 1924.

de escabeche de cerdo de la ciudad. Desde su local y a domicilio, distribuía frascos de vidrio en los que guardaba trozos de carne desmechada, adobados en vinagre, sal y pimienta que vendía a un precio muy inferior al del mercado, por lo que se ganó la enemistad de los carniceros.

A pesar de que su negocio iba progresando, la crisis que siguió a la Primera Guerra Mundial había empobrecido la región, por lo que empezó a vender zapatos, cinturones y tirantes de cuero, con los que pudo mantenerse a flote sin que nadie sospechara que su mercancía estaba fabricada con piel humana.

Esta situación fue descubierta el 21 de diciembre de 1924, cuando su inquilino escuchó unos desgarradores gritos que provenían del primer piso. Asustado, bajó las escaleras y se encontró con un hombre que se arrastraba por el pasillo, con el rostro desfigurado y las ropas cubiertas de sangre. Afanado, lo levantó y le preguntó quién le había causado tanto daño. El vagabundo, confiado en la fama de benefactor que poseía Denke entre las personas sin hogar, lo miró a los ojos y soltó una frase que cambió la historia criminal de Polonia para siempre: "Me llamo Vincenz Oliver, papá Denke me atacó con una pica".

El hombre socorrió al vagabundo y lo llevó a un hospital donde la víctima contó las torturas que había sufrido en el apartamento de papá Denke, y afirmó haber visto una gran cantidad de cadáveres en estado de putrefacción. Esa misma noche, un grupo de detectives se desplazó hasta el domicilio de Karl, quien argumentó que había atacado a Oliver porque había ingresado a su propiedad para robarlo. Esto sonó muy coherente, hasta que uno de los agentes descubrió que las paredes y el piso estaban cubiertos de sangre coagulada y mechones de pelo. Fue arrestado de inmediato.

Ante la cantidad de evidencias halladas en el pequeño apartamento y el local, las investigaciones tuvieron que extenderse por varios meses, después de que se encontraron varios anaqueles atestados de latas de conserva marcadas con rótulos de "escabeche de cerdo", que estaban rellenas de carne humana. Así mismo, en el interior de un tambor de madera que estaba lleno de sal aparecieron numerosos huesos, trozos de carne y piezas de piel humana que Denke utilizaba para fabricar cinturones y parches para remendar zapatos. En 1926, Friedrich Pietrusky, un médico del Instituto de Medicina Legal de Breslau, publicó una descripción minuciosa de lo encontrado en la revista alemana *Zeitschrift Für Gesamte Gerichtliche Medizin*, donde detalló las atrocidades del asesino: "En tres ollas medianas llenas de salsa, se encontró carne cocida, parcialmente cubierta con piel y cabello humano. La carne estaba rosada y blanda. Todas las piezas parecían cortadas de las nalgas. Una olla tenía solo media porción. Por lo que Denke debe haberse comido la otra porción antes de ser capturado".

Esta descripción nos lleva a pensar que el acto de comer carne humana era común para Denke, y que la fachada de hombre caritativo que construyó le servía para no levantar sospecha y atraer a sus objetivos: indigentes o limosneros que la sociedad despreciaba y que nadie extrañaría.

Lo más probable es que asesinara a sus víctimas utilizando herramientas de construcción y cuchillos, como se concluye a partir de la descripción del doctor Pietrusky: "Los cortes en los huesos son irregulares, como si se hubiese aplicado una fuerza contundente, como el extremo de un hacha o un martillo. Algunos huesos estaban visiblemente aserrados. (…) Asimismo se hallaron tales huellas en las articulaciones, que deben haber sido cortadas con un cuchillo". Igualmente, el análisis de lo encontrado en la tienda proporciona un panorama de la trastornada mente del caníbal, pues la descripción de los elementos que fabricaba con la piel de sus víctimas resulta escalofriante: "De los tirantes de Denke descubiertos en su guardarropa, tres se hicieron de piel humana. Tienen alrededor de seis centímetros de ancho y setenta centímetros de largo. El cuero no es suave y está roto en un punto. No parece curtido, solo seco y libre de tejido subcutáneo".

Este tipo de conductas aterrorizaron a la población, que se negaba a creer que un ser tan sanguinario viviese entre ellos, por lo que lo bautizaron el "Carnicero de Silesia". Con el tiempo, los investigadores lograron establecer el *modus operandi* del Carnicero, que merodeaba por las noches en cercanías a la estación de trenes en busca de pordioseros a los que llevaba hasta su apartamento, donde los degollaba, picaba en pedazos y arrancaba su piel para curtirla utilizando sales y ácidos.

Pese a la exhaustividad del grupo de investigadores, que incluía detectives, fiscales y médicos, no se pudo establecer el número de víctimas, pues, aunque se hallaron dentaduras correspondientes a veintiún individuos, también se encontró un grupo de apuntes en los que el asesino registró los nombres de al menos treinta personas entre hombres y mujeres, seguidos por una fecha y forma de asesinato: destripamiento, desangramiento, golpeado en la cabeza.

A pesar de que no se estableció ningún vínculo sexual en los crímenes, no se hallaron los órganos genitales de los cadáveres, lo que puede indicar algún tipo de ritualización erótica. Al final, su caso se convirtió en uno de los más estudiados por la criminología, pues representa uno de los primeros caníbales modernos. Un asesino en serie que fabricaba su ropa con piel humana y que cenaba la carne de sus víctimas, motivado por un extraño placer que se alejaba de los móviles tradicionales, conectándose con una serie de actos pavorosos que no pudieron ser esclarecidos.

Pero si creemos que Karl Denke es una anomalía humana estamos equivocados, pues existe una gran cantidad de asesinos caníbales que han llevado su crueldad a niveles insospechados, como es el caso de Andréi Chikatilo, que nos pondrá los pelos de punta.

ANDRÉI CHIKATILO, EL CARNICERO DE ROSTOV

Andréi Chikatilo fue un asesino en serie, nacido el 16 de octubre de 1936, en Yáblochnoye, Ucrania, una pequeña aldea que sufría una profunda hambruna a consecuencia de las políticas estalinistas de la Unión Soviética. Eran tiempos difíciles, la mayoría de los hombres habían partido al frente de batalla, mientras las mujeres y los ancianos estaban obligados a sobrevivir sin carbón durante los devastadores meses de invierno que azotaban al país. El miedo se encontraba en cada esquina. Los invasores nazis ejecutaban horrendas matanzas con métodos crueles y sanguinarios, como rodear una casa y lanzarle dinamita o asesinar a los hombres de un mismo hogar frente al resto de su familia.

La destrucción del sistema agrario y el bloqueo que produjo la confrontación derivaron en una hambruna generalizada en la Unión Soviética, que se vio reflejada en leyendas populares que narraban cómo los soldados destripaban a sus compañeros y se los comían, y los niños eran devorados por sus padres cuando se les agotaban las provisiones.

Se trataba de explicaciones fantasiosas que intentaban dar sentido a la barbarie desatada por la ofensiva fascista. Historias que marcaron al pequeño Andréi, desde el momento en que su hermano mayor y su padre cayeron prisioneros de los nazis, y su madre, Anna Chikatilo le explicó que se los habían llevado para comérselos, causándole aterradoras pesadillas que quedaron grabadas para siempre en su cerebro.

Tal vez por ello desarrolló un carácter tímido y retraído, que le causó un gran sufrimiento pues era golpeado y humillado por sus compañeros de escuela, quienes se burlaban de él cuando se chocaba con los muebles y las ventanas del salón, porque no poseía las gafas para corregir la alta miopía que sufría y no había contado a nadie. Con el tiempo, se transformó en un adolescente reprimido que pasaba las tardes aislado entre libros que le hacían olvidar a las mujeres que lo rechazaban por considerarlo desagradable y anormal.

Una vez graduado de la secundaria, sirvió como soldado en el Ejército Rojo e ingresó en la Universidad Estatal de Moscú, donde realizó estudios en Ingeniería de Telecomunicaciones y Marxismo-Leninismo.

Sus compañeros de clase lo recordaban como una persona callada que se esforzaba en sus lecturas, y podía pasar días enteros en la biblioteca en lugar de divertirse en fiestas o reuniones sociales. En 1961, Chikatilo se graduó y consiguió empleo en la empresa estatal de telecomunicaciones de la ciudad de Rostov, donde conoció a Feodosia Odnachevacon, una muchacha dulce y complaciente con quien se casó en 1963, y tuvo dos hijos a pesar de que no mantenían relaciones sexuales.

Según sus propias declaraciones, al no poder lograr una erección, se masturbaba y luego introducía sus dedos cubiertos de semen en Feodosia para dejarla embarazada. A pesar de sus problemas psicológicos se abstuvo de buscar ayuda, dedicando su tiempo a la lectura, por lo que ingresó a la Universidad de Rostov, para estudiar Literatura Rusa, pues se sentía mejor leyendo novelas que reparando las antenas con las que trabajaba.

En 1970, se graduó con honores luego de escribir una tesis sobre los novelistas de la Rusia imperial, y consiguió una plaza como docente en un colegio de la localidad de Novoshakhtinsk, en donde descubrió que sentía atracción sexual por las chicas menores de doce años, a las que empezó a espiar en los baños con la finalidad de masturbarse.

Poco a poco, sus deseos se mezclaron con el sadismo, anidando la fantasía de violar y matar a sus estudiantes, lo que le producía potentes erecciones e intensos orgasmos. Deseos y anhelos que se transformaron en realidad el 22 de diciembre de 1978, cuando abordó a una niña de nueve años, a la que convenció de que lo acompañara hasta una cabaña que tenía en las afueras de la ciudad. Una vez dentro de la choza, la empujó contra una pared, rompió sus vestidos e intentó violarla, pero no pudo hacerlo pues era incapaz de sostener una erección, por lo que le golpeó el rostro con los puños hasta que le causó varias heridas. Ver la sangre por fin le produjo una fuerte erección. Sorprendido, llevó a su víctima hasta una habitación en donde la apuñaló en el abdomen mientras la violaba, sintiendo un profundo orgasmo que lo llevó a experimentar un estado de trance.

La motivación de sus crímenes había sido establecida: Chikatilo vinculaba el asesinato y la tortura con el placer sexual, lo que lo llevaría a matar y transformarse en un monstruo insaciable. Dos días después, la Policía encontró el cadáver de la niña en el río Grushovka, y la identificaron como Yelena Zakotnova, y aunque encontraron restos de sangre en la cabaña de Andréi, los detectives se concentraron en otro sospechoso llamado Alexander Kravchenko, quien tenía antecedentes de abuso sexual.

Aprovechando la impunidad, Chikatilo siguió ultrajando y matando por más de tres años en los que embaucó a una docena de niñas, a las que llevó hasta los bosques que rodeaban la ciudad para someterlas a su ritual de golpes, apuñalamiento y violación.

Con cada acto, su sevicia fue aumentando, al punto de destripar y comerse partes de sus víctimas. El 3 de septiembre de 1981, convenció a Larisa Tkachenko de diecisiete años para que lo acompañara al bosque a tener sexo a cambio de dinero, pero en lugar de ello, la estranguló, le cortó los senos y eyaculó sobre el cadáver, masticó sus pezones y se los comió.

En este caso, el canibalismo está indudablemente conectado con la sexualidad. Chikatilo experimentaba una especie de frenesí que lo llevaba a consumir porciones de los cuerpos como parte de su acción destructiva, lo que le daba cada vez más placer.

Con el pasar de los años, la Policía y la KGB se percataron de que se enfrentaban a un asesino en serie, ya que las desapariciones y el tratamiento de los cadáveres seguían un mismo patrón, mientras que la mayoría de los delincuentes de la zona se encontraban tras las rejas. No obstante, el asesino refinó sus métodos, confundiendo a los investigadores, que empezaron a encontrar cadáveres de varones a los que les había propinado más de cincuenta puñaladas, extraído los ojos y arrancado los pezones a mordiscos.

Asimismo, comenzó a extirpar el útero y los ovarios de las chicas con precisión quirúrgica, lo que provocó que los cirujanos y carniceros de la ciudad fueran considerados sospechosos. Aunque el gobierno local tardó en reaccionar, los dirigentes de la Unión Soviética quedaron alarmados cuando en 1984, los informes forenses determinaron que las mutilaciones se habían producido mientras las víctimas continuaban con vida. Entonces enviaron a quinientos agentes de la KGB con la orden de atrapar al asesino, que pasó a ser llamado el "Carnicero de Rostov".

La vigilancia llegó al extremo y algunos pobladores empezaron a temer que serían víctimas de un ataque nuclear o de una represalia del régimen. Aun así, tuvieron que pasar seis años para que pudiesen capturarlo. El 6 de noviembre de 1990, un detective llamado Ígor Rybakov, encargado de vigilar la periferia de Rostov, observó cómo un hombre que llevaba traje y corbata y la cara salpicada de sangre se limpiaba las manos con el agua de una quebrada. El detective le solicitó que se identificara y el extraño le entregó una tarjeta con su nombre: "Andréi Chikatilo, profesor de Literatura".

A pesar de que el profesor no pudo explicar su presencia en el lugar, fue dejado en libertad, ya que no existían pruebas en su contra. No obstante, diez días después fue encontrado el cuerpo de una niña en el mismo sitio, por lo que se emitió una orden de captura en su contra. En el calabozo guardó silencio hasta que, en diciembre de 1991, llamó a uno de los detectives y confesó ser el autor de treinta y cuatro de los treinta y seis asesinatos que la Policía le imputaba, negando tener conexión con el homicidio de dos muchachas en 1986.

"Los gritos de la niña y su forma de moverse mientras la estaba apuñalando me condujeron a un estado de frenesí sexual", contó con indiferencia a los psiquiatras que lo entrevistaron.

La noticia de su captura se esparció a lo largo de la Unión Soviética y causó conmoción entre la aterrorizada población. El homicida buscaba que lo declararan demente —se rapó la cabeza, se depiló las cejas y se desnudó mostrando sus genitales ante los miembros del jurado—, a quienes entregó la siguiente declaración:

Me detuvieron el 20 de noviembre de 1990 y he permanecido bajo custodia desde entonces. Quiero exponer mis sentimientos con sinceridad. Me hallo en un estado de profunda depresión, y reconozco que tengo impulsos sexuales perturbados, por eso he cometido ciertos actos. Anteriormente busqué ayuda psiquiátrica por mis dolores de cabeza, por la pérdida de memoria, el insomnio y los trastornos sexuales. Pero los tratamientos que me aplicaron o que yo puse en práctica no dieron resultados. Tengo esposa y dos hijos y sufro una debilidad sexual, impotencia. La gente se reía de mí porque no podía recordar nada. No me daba cuenta de que me tocaba los genitales a menudo, y solamente me lo dijeron más tarde. Me siento humillado. La gente se burla de mí en el trabajo y en otras situaciones.

Me he sentido degradado desde la infancia, y siempre he sufrido. En mi época escolar estaba hinchado a causa del hambre e iba vestido con harapos. Todo el mundo se metía conmigo. En la escuela estudiaba con tanta intensidad que a veces perdía la consciencia y me desmayaba. Soy un graduado universitario. Quería demostrar mi valía en el trabajo y me entregué a él por completo. La gente me valoraba, pero se aprovechaba de mi carácter débil. Ahora que soy mayor, el aspecto sexual no tiene tanta importancia para mí, mis problemas son todos mentales. En los actos sexuales perversos experimentaba una especie de furor, una sensación de no tener freno. No podía controlar mis actos. Desde la niñez me he sentido insuficiente como hombre y como persona. Lo que hice no fue por el placer sexual, sino porque me proporcionaba cierta paz de mente y de alma durante largos periodos. Sobre todo, después de contemplar todo tipo de películas sexuales. Lo que hice, lo hice después de mirar los videos de actos sexuales perversos, crueldades y horrores.

No obstante, los psiquiatras lo consideraron apto para ser llevado a juicio, razón por la cual cambió de estrategia y ayudó a recuperar varios de los cuerpos y apoyó la reconstrucción de sus crímenes. Nada de esto lo salvó de ser juzgado entre una jaula y condenado a muerte. Sentencia que se cumplió el 14 de febrero de 1994, cuando un soldado del Ejército ruso le propinó un tiro en la nuca.

ISSEI SAGAWA, LA ESTRELLA CANÍBAL

El caso de Issei Sagawa es uno de los más estrambóticos de la historia. Nacido en Kobe, Japón, en 1949, Sagawa creció en el seno de una familia acomodada que lo colmaba de atenciones y que cumplía todos sus caprichos por excéntricos que fuesen. Una vez cumplió la edad suficiente, fue inscrito en una escuela de élite donde todavía es recordado por ser un joven timorato y sin habilidades sociales, que se refugiaba en los libros y que obtenía altas calificaciones, siendo considerado un genio por sus profesores.

Durante su adolescencia no tuvo pareja, pues sus compañeras lo consideraban extraño y asexual. Sin embargo, su sobriedad ocultaba las más perversas fantasías, en las que raptaba, violaba y se comía a sus profesoras de lenguas extranjeras. Atrocidades que nunca perpetró pero que incubaron las crueldades que cometería en los años posteriores.

Después de graduarse de la secundaria, se trasladó a París donde estudió Literatura Francesa en la Universidad de la Sorbona, luego de que le confesara a su padre que su sueño era conocer Europa y convertirse en escritor. Según sus compañeros occidentales, Sagawa era una persona de aspecto delgado y deforme, que medía un metro cincuenta y tenía voz de mujer, por lo que fue víctima de insólitos apodos y sobrenombres.

Pero más allá de su apariencia física, su mente estaba repleta de impulsos violentos que lo llevarían al homicidio y la desgracia. En medio de su soledad estaba obsesionado con poseer a "la mujer perfecta"; una pareja que lo acompañara para siempre y que nunca lo abandonara.

Esta obsesión había iniciado mientras estudiaba Literatura Inglesa en la Universidad de Wako en Tokio, donde conoció una mujer alemana de cabello rubio que medía casi un metro noventa y que despertó en él sentimientos perturbadores. "Cuando me encontré a esta mujer, sentí ganas de comerla", confesó en una entrevista que concedió al reportero británico Peter McGill.

Durante semanas planeó cómo apoderarse de ella, hasta que una noche se deslizó por su ventana y la observó mientras dormía, luego buscó un objeto para aturdirla o apuñalarla, pero tuvo que huir cuando la muchacha despertó y empezó a gritar.

Esta experiencia marcó su vida, pues era la primera vez que traspasaba la barrera de la moralidad y estaba cerca de cumplir sus fantasías. Sus deseos se cristalizaron un par de años después, cuando conoció a Renée Hartevelt en 1981, quien era su compañera de clase y cumplía todas sus expectativas: holandesa, alta, rubia y experta en literatura.

Aunque casi no hablaban, se obsesionó con ella, imaginando encuentros sexuales en los que la decapitaba y la ultimaba a cuchilladas. Desesperado por sus entelequias, elaboró un plan y, argumentando que se iba de safari a África, compró una escopeta de cacería que guardó en el fondo de un armario.

Al terminar una de las clases que compartían, se acercó a Renée y le pidió que le enseñara holandés, y le contó que su padre era millonario y que podría pagarle un jugoso sueldo; esto llamó la atención de la muchacha, que aceptó de inmediato.

A partir de ese momento, surgió una relación de amistad en la que compartieron algo más que sus clases.

En una ocasión Sagawa la invitó a su apartamento, donde le pidió que le leyera un poema escrito en holandés antes de irse, luego de lo cual quedó adolorido por su ausencia y lamió el cojín en donde se había sentado; fue entonces cuando decidió matarla y comérsela para que nunca lo abandonase.

El 11 de julio de 1981 volvió a invitar a Renée, le pidió que se sentara en el suelo y sirvió té con whisky para emborracharla. Poco después, la tomó de la mano, le dijo que la amaba e intentó besarla. Sorprendida, la chica lo empujó y corrió hacia el otro extremo de la habitación donde se escondió tras un diván.

Adolorido, Sagawa se dirigió hasta el mueble en el que guardaba su escopeta, le quitó el seguro y le disparó en la nuca, lo que provocó que su sangre salpicara la habitación.

El cuerpo se estrelló contra el suelo y se desangró lentamente, mientras el asesino le seguía hablando como si permaneciera con vida, recitándole versos y poemas eróticos. Según su confesión, titulada "En la niebla", y publicada en forma de cuento, desnudó el cadáver, le tomó fotografías y lo destazó como si fuese un animal:

Voy por un cuchillo y lo clavo profundamente en ella. Mucha grasa exuda del corte. Es extraño cómo miles de secretos sutiles y grotescos van poco a poco apareciendo. Tras un montón de capas amarillas asoma algo de carne roja. Corto un trozo y lo pongo en mi boca. No presenta olor alguno. Se derrite en mi lengua cual perfecto bocado de pescado crudo. Rebano su cuerpo y levanto la carne repetidas veces. Tomo una fotografía de su cadáver, opacado solo por la profundidad de las heridas.

Cabe anotar la calidad del texto, lo que está relacionado con los estudios en literatura que cursaba el homicida. Así mismo, su contenido ha sido cotejado con los informes de los forenses, donde se encuentra que describe punto por punto el asesinato.

En el relato es evidente la motivación sexual del crimen, que se despliega en la prosa y la poética con las que se dirige a su víctima, y en el hecho de que haya mantenido relaciones sexuales con el cadáver:

Ya desnudo, me tiendo sobre ella y penetro su cuerpo aún tibio. Cuando la abrazo emite una especie de suspiro. Me asusto, la beso y le digo que la amo. Es increíble que todavía muerta siga siendo tan reservada. Tiene una nariz pequeña y labios delgados. Mientras vivía ansié morderlos. Ahora puedo satisfacer cuantas veces quiera ese deseo. Mastico el cartílago hasta oír cómo se rompe. Utilizo un pequeño cuchillo para cortarlo aún más. Es duro y desabrido.

Este tipo de prácticas eróticas son conocidas como necrofilia, una parafilia en la que los afectados sienten atracción por los cuerpos de personas fallecidas, al punto de tener sexo con cadáveres. Según varios autores, la necrofilia puede ser leve, al provocar en los individuos una ligera excitación al contemplar, entrar en contacto, mutilar o imaginar un cadáver. En ese caso, la mayoría de los afectados no pasan de fantasear con la muerte, descargando fotografías o videos de Internet para masturbarse.

Sin embargo, existen casos de necrofilia agravada, en los que los deseos y compulsiones llevan a actuaciones sádicas; en estos casos los criminales matan a sus víctimas para copular *post mortem* con sus restos.

En el caso de Sagawa, lo preponderante parece ser su necesidad de someter a su víctima para ejecutar una serie de rituales que terminan por llevarlo al canibalismo. Rituales que son evidentes en la forma en que mutiló el cuerpo. Amputó sus senos y nalgas con un cuchillo eléctrico en forma de filetes que comió crudos "al estilo japonés", mientras utilizaba la ropa interior de Renée como servilleta. Después, empacó las lonchas de carne que había obtenido y las guardó en su nevera para comerlas los días siguientes. Tomó el cuerpo por la cintura, se masturbó con su mano inerte y durmió con él.

A la mañana siguiente se dio cuenta de que no podía quedarse con Renée, pues empezaba a descomponerse, por lo que le cortó la nariz, las orejas y los labios, e intentó arrancarle la lengua, pero le resultó difícil, como él mismo describió: "Yo quiero su lengua, no puedo abrir su mandíbula, pero puedo alcanzarla entre sus dientes. Finalmente sale, la hago estallar en mi boca y me miro masticándola en el espejo".

Después de esta última acción entró en pánico, pues era día laboral y faltaba poco para que sus compañeros notaran la ausencia de Renée. Así que almacenó su carne en el congelador e introdujo lo que quedaba en un maletín que utilizaba para sus viajes entre Japón y Europa, después abordó un taxi que lo trasladó hasta el parque Bois de Boulogne, donde intentó lanzar el equipaje a un lago. Pero la maleta se abrió por un lado y tuvo que conformarse con dejarla sobre la orilla. Al día siguiente, una pareja que trotaba por el sector se horrorizó al encontrar una gran cantidad de ratas que se alimentaban con los despojos de una mujer.

La Policía de París identificó los restos y tras una corta investigación allanó el apartamento del asesino, que se encontraba semidesnudo y atontado, mientras que su mesa estaba servida con varios platos, entre los que se podían ver filetes asados y tiras de algo parecido al tocino. El piso estaba completamente manchado de sangre, y la nevera, repleta de órganos humanos.

Sagawa fue capturado de inmediato y acusado de asesinato. Sin embargo, su juicio duró poco, pues su padre contrató a los mejores abogados de Francia, quienes alegaron que sufría de encefalitis y que le quedaban pocos meses de vida.

Debido a los dictámenes médicos fue declarado inimputable y recluido en el hospital psiquiátrico Paul Guiraud de París, desde donde salió rumbo a Tokio el 12 de agosto de 1986, en donde fue recibido como si fuese una estrella de cine.

A partir de este momento, se convirtió en comentarista de televisión, donde protagonizó media docena de shows en los que narraba su crimen, daba clases de cocina y debatía acerca del sabor de la carne humana.

En 1992, actuó en *Uwakizuma: Chijokuzeme,* una película comercializada en español con el título de *La habitación* del director japonés Hisayasu Sato. En ella, Sagawa personifica al señor Takano, un anciano cuyo sueño es violar, drogar y devorar a jóvenes vírgenes en su apartamento en Tokio.

Todas estas acciones han levantado críticas en Occidente, pues Sagawa se convirtió en una estrella en su país, escribió artículos para revistas y dibujó acuarelas en las que se retrataba a sí mismo, matando y devorando mujeres.

Su caso no solo demuestra la impunidad que puede lograr el dinero, sino la fascinación que causa el canibalismo en algunas sociedades. Por lo que podemos concluir que al matar y comerse a Renée Hartevelt,

Sagawa despertó el morbo de millones de personas que lo transformaron en una celebridad. Sagawa murió en noviembre de 2022.

JEFFREY DAHMER, EL CARNICERO DE MILWAUKEE

Jeffrey Lionel Dahmer Flint nació el 21 mayo de 1960 en West Allis (Wisconsin), en medio de una típica familia estadounidense de clase media que, a diferencia de lo que sucedió con otros asesinos en serie, lo rodeó de amor y cariño.

Su padre era un ingeniero químico con PhD que debía trasladarse continuamente por su trabajo, mientras su madre, Joyce Flint, se ocupaba de las labores domésticas. De pequeño fue un niño extrovertido y amoroso que jugaba con animales e imitaba a los personajes de sus series favoritas de televisión. Nunca se mostró violento y pasaba gran parte de su tiempo junto a su abuela, con la que estableció una relación estrecha.

Sin embargo, al cumplir los siete años fue operado de una hernia y tuvo que mantenerse aislado, transformándose en un niño retraído y antisocial que, en lugar de compartir con otros, caminaba por los bosques que rodeaban su casa en búsqueda de animales muertos a los que diseccionaba y enterraba en el jardín. Preocupado por su comportamiento, su padre le compró una mascota y lo involucró en actividades junto con otros niños, como la pesca, en donde vivió una de sus primeras experiencias sádicas, pues sentía un gran placer al observar las vísceras de los peces que capturaba.

A los catorce años empezó a manifestar deseo sexual hacia otros hombres, así como sueños eróticos en los que la violencia era la principal protagonista; fantaseaba con acostarse al lado de un hombre inconsciente y masturbarse sobre él. Lo que comenzó como fantasía evolucionó en obsesión, y en lugar de buscar ayuda, guardó silencio y recurrió al alcohol para soportar su vida. Cada mañana visitaba la casa de un amigo y se tomaba un vaso de whiskey, por lo que se presentaba borracho a la escuela, donde tenía un pésimo rendimiento y no tenía amigos.

Para sus compañeros, Jeffrey era un chico extraño y solitario, que tenía problemas con la bebida y que rechazaba cualquier insinuación femenina. Para empeorar las cosas, su existencia dio un giro inesperado cuando en junio de 1978, sus padres se divorciaron después de su fiesta de graduación y lo dejaron abandonado en su casa del bosque.

Tenía dieciocho años y se sentía libre para satisfacer sus impulsos, por lo que tomó su auto y se dirigió a la autopista más cercana en búsqueda de alguien a quien matar. Fue allí donde recogió a Steven Hicks de diecinueve años, a quien llevó hasta su casa, lo emborrachó y golpeó con un tubo en la cabeza.

Había cobrado su primera víctima y sentía un placer pasmoso. Se acostó junto al cadáver y se masturbó, tomó un cuchillo y un martillo, descuartizó el cuerpo y trituró sus huesos hasta convertirlos en pequeños fragmentos que almacenó en una bolsa que enterró en cercanías de una cabaña abandonada.

Al ver que su hijo de derrumbaba a causa del licor, su padre lo matriculó en la Universidad de Ohio, de donde fue expulsado por bajo rendimiento a pesar de que sus profesores le tenían cariño y lo veían como un "niño tímido".

En un último esfuerzo, Lionel lo inscribió en el Ejército, donde pasó uno de los periodos más estables de su vida; dejó la bebida, bajó de peso y se mantuvo alejado de los problemas.

Debido a su carácter sumiso, sus superiores lo seleccionaron para realizar el curso de "enfermero de guerra", en el que aprendió fundamentos de anatomía y fisiología humana, que después aplicó para diseccionar a sus víctimas.

En enero de 1980 fue trasladado hasta la base de Baumholder, Alemania, donde fue involucrado en violaciones sexuales contra sus compañeros, por lo que fue licenciado y devuelto a los Estados Unidos. Pero en lugar de volver a casa, se estableció en la Florida, donde trabajó en un local de sándwiches. Allí gastó todo su dinero en alcohol, quedó en la ruina y se vio obligado a dormir en la calle.

Desesperado, llamó a su padre, quien le remitió un tiquete de avión que utilizó para dirigirse a la casa de su abuela en West Allis, Milwaukee, donde se acomodó en el sótano y en una habitación de la segunda planta.

Mientras sus fantasías aumentaban, empezó a frecuentar la iglesia, en donde se quedaba orando hasta que se dormía por el cansancio.

Para no volver a matar, se compró un maniquí al que besaba, abrazaba, y sobre el que se masturbaba, esperando dominar de esta manera sus deseos más profundos. Sin embargo, a pesar de sus esfuerzos, sus impulsos destructivos no tardarían en emerger. En 1987, Dahmer había aceptado su orientación sexual y se había convertido en cliente habitual de los baños turcos de la ciudad. Allí conoció a Steven Tuomi, un joven de veinticuatro años al que llevó, la noche del 21 de noviembre, hasta el Hotel Ambassador, luego de drogarlo con barbitúricos y píldoras para dormir.

Según su confesión, cuando despertó, Tuomi estaba muerto y él no recordaba nada. Solo sabía que debía deshacerse del cadáver. Salió del hotel, compró una gran maleta en donde escondió el cuerpo, pagó la cuenta y solicitó un servicio de taxi que lo transportó hasta la casa de su abuela.

Sin hacer ruido, llevó la maleta hasta el sótano, donde mantuvo relaciones sexuales con el cadáver hasta que empezó a podrirse, luego de lo cual lo descuartizó y guardó los restos en bolsas de basura que abandonó en diferentes puntos de un bosque cercano. Como si todo esto no fuera lo suficientemente macabro, conservó la cabeza, que descarnó, hirvió y pintó con aerosol blanco para ubicarla sobre un estante de su habitación, a manera de trofeo. Cuando su abuela le preguntó por ella, le contestó que era de plástico y que se la había regalado un estudiante de medicina.

Se convirtió en un cazador de personas. Dos meses después llevó a James Doxtator de catorce años hasta el sótano de su abuela después de ofrecerle dinero para que le hiciera una felación pero, en lugar de eso, lo estranguló y escondió su cuerpo entre un baúl que visitaba cada vez que podía para violarlo, hasta que empezó a oler mal y tuvo que disolverlo en ácido.

Esa misma técnica usó con Richard Guerrero y Anthony Sears en marzo de 1988. Fue entonces cuando su abuela, aburrida del extraño comportamiento de su nieto y de los malos olores que lo acompañaban, le pidió que se fuera de su casa. A partir de ese momento quedó libre y sin control alguno. Consiguió empleo en una fábrica de chocolates, rentó un apartamento en una zona pobre de Milwaukee y se convirtió en uno de los caníbales más aterradores de la historia.

Visitaba lugares gais, utilizando ropa ceñida y lentes de contacto amarillos, imitando al emperador de la *Guerra de las Galaxias*, quien era su personaje favorito de la saga y que representaba su deseo de obtener poder. En medio de la música, seducía a chicos bien parecidos a los que llevaba hasta su apartamento donde los drogaba y estrangulaba, conservando sus cuerpos para satisfacer sus deseos hasta que por su estado de descomposición les cortaba la cabeza y los genitales, que guardaba en el congelador y se deshacía del resto.

Fue entonces cuando se convirtió en caníbal, pues deseaba que sus conquistas no lo abandonaran y que los hombres que tanto deseaba se quedaran para siempre dentro de él, salvándolo de la soledad que soportaba desde que había cumplido los dieciocho años. Tal vez por ello intentó fabricarse un ser ideal, perforando el cráneo de sus víctimas con un taladro e inyectándoles ácido con una jeringa para transformarlos en una especie de muñeco que obedeciera sus órdenes y le fuera totalmente sumiso. Lo que nunca pudo conseguir, pues lo único que logró fue causarles una muerte dolorosa.

Fue así como en mayo de 1991 llevó a Konerak Sinthasomphone, de catorce años, hasta su apartamento donde lo drogó, le trepanó el cráneo y le inyectó ácido en el cerebro. No obstante, el joven consiguió escapar mientras Dahmer se tomaba una cerveza en un bar cercano. El muchacho corrió desnudo por las calles hasta que se encontró con una patrulla de la Policía, pero debido al daño cerebral estaba desorientado y no podía hablar.

Al darse cuenta de su desaparición, Jeffrey salió a buscarlo y se encontró con los policías, a quienes dijo que era su amante y que estaba borracho, por lo que lo escoltaron hasta su apartamento y lo dejaron en la sala, sin intentar registrar la cocina o las habitaciones. Hubieran encontrado el cadáver de un niño y una olla repleta de vísceras humanas sobre la estufa. Después de que los agentes se marcharon, Dahmer sufrió una especie de trance en el que atacó, violó y descuartizó a Sinthasomphone.

El anterior caso demuestra la capacidad de Jeff para engañar, algo típico de la psicopatía, caracterizada por el don de seducir y estafar. Tal vez por ello, sus vecinos testificaron no haber visto nada malo en él, pues lo consideraban un joven blanco de buena apariencia que se pasaba de tragos de vez en cuando.

No obstante, todo cambió el 22 de julio de 1991, cuando un joven llamado Tracy Edwards fue encontrado vagando por las calles, desnudo y con una esposa en la muñeca. Dos policías le preguntaron qué le había pasado y les indicó que un hombre lo había encadenado y quería matarlo, indicándoles la dirección del apartamento de Dahmer, quien los estaba esperando bajo el marco de la puerta con un cigarrillo entre los dedos.

Los oficiales le hicieron a Jeffrey algunas preguntas acerca del muchacho: respondió que era su amante y que estaban realizando juegos pornográficos. Luego les mostró varias fotos que corroboraban su versión. Pero uno de los policías decidió registrar su habitación, pues había percibido un olor extraño; allí descubrió más de ochenta fotografías que mostraban cadáveres en extrañas posiciones.

El policía gritó a su compañero que esposara a Dahmer, mientras le indicaba que en el refrigerador había tres cabezas humanas y una olla con manos y genitales conservados en alcohol. El lugar se atiborró de forenses y peritos que descubrieron un barril de doscientos litros repleto de torsos humanos sumergidos en toda clase de químicos. En cuestión de horas, la prensa llegó hasta el lugar y describió algunos detalles de la matanza, como la existencia de varios cráneos teñidos de blanco que guardaba como trofeo sobre la cabecera de su cama. Así mismo, se mostró al público el plano de un extraño templo compuesto por huesos y vísceras que planeaba construir antes de ser capturado.

No obstante, aunque nos parezca horroroso, Dahmer era un ser atormentado que se sentía incapaz de mantener una relación consensuada con alguien que le gustara, ya que solo lograba excitarse si su pareja se encontraba inconsciente o muerta, por lo que estaba condenado a una terrible soledad.

Este tipo de sentimientos están relacionados con el miedo a ser abandonado que lo acompañaba desde el divorcio de sus padres, como manifestó en una entrevista concedida al investigador Robert Ressler en 1992: "Mis víctimas eran amantes de una noche, siempre decían que debían volver al trabajo, pero yo no quería que se fueran".

Afirmaciones que se relacionan con su comportamiento antropófago, pues tenía la creencia de que al comer sus cuerpos nunca lo abandonarían y satisfarían sus impulsos sexuales, como es evidente en la descripción que hizo de uno de sus crímenes: "Mientras desmembraba a una de mis víctimas guardé el corazón. Y los bíceps. Los corté en pedazos pequeños, los lavé, los metí en bolsas de plástico herméticas y las guardé en el congelador; buscaba algo más, algo nuevo para satisfacerme. Después los cociné y me masturbé mirando la foto".

Este tipo de argumentos, junto con la práctica de la necrofilia, fueron utilizados durante su juicio por la defensa para declararlo demente, lo cual le fue negado por un jurado de conciencia, que al final lo condenó a novecientos treinta y seis años de prisión por diecisiete homicidios.

Sin embargo, su fin estaba cerca. Casi la totalidad de los presos lo quería muerto, por lo que fue objeto de varios atentados con armas blancas de los que salió ileso. Hasta el día 28 de noviembre de 1994, cuando Christopher Scarver, un interno que era conocido por su fanatismo religioso, le partió la cabeza con un tubo de metal, asegurando que cumplía con una misión divina porque este se tomaba toda el agua caliente para preparar el té. En la actualidad, existen miles de objetos de mercadeo inspirados en el "Carnicero de Milwaukee": camisetas, llaveros y muñecos a escala, que nos muestran la fascinación que produce el canibalismo entre la población.

Con el fin de evitar actos de idolatría, el gobierno del estado compró el edificio en el que sucedieron los hechos, lo demolió y gastó grandes cantidades de dinero para adquirir los objetos personales del asesino, que fueron incinerados en secreto. Aun así, su horrorosa leyenda sigue presente en las calles y los bares de la urbe, pues cada vez que sus ciudadanos se encuentran con alguien que se comporta extraño, le dicen que es un "Dahmer".

Igualmente, la cantante Katy Perry incluyó un pequeño verso en su canción *Dark Horse* que dice: "She eats your heart out like Jeffrey Dahmer", lo que traduce "Ella se come tu corazón después de sacarlo como Jeffrey Dahmer".

Las acciones de este criminal apoyan nuestra idea de que existe un tipo de caníbales diferente a los que devoran humanos para sobrevivir o para cumplir las normas de la sociedad en la que viven. Dahmer, Chikatilo y Denke son ejemplos de esta clase de sujetos que causan un daño terrible y que actúan como caníbales por placer.

ARMIN MEIWES, EL CANÍBAL DE ROTEMBURGO

Si existe un caso que pueda servir para defender la teoría del *canibalismo por placer* es el de Armin Meiwes, quien es conocido como el caníbal de Rotemburgo, por los terribles actos que llevó a cabo durante el año 2001, en el interior de una enorme casona medieval ubicada en la ciudad de Essen, Alemania. Meiwes nació el 1 de diciembre de 1961, como parte de la generación del *baby boom*, que surgió después de la derrota nazi en la Segunda Guerra Mundial, y que creció a la par de la reconstrucción de su país.

Su historia mantiene características similares a las de otros asesinos antropófagos, pues estuvo rodeado de una familia disfuncional en la que fue sometido a periodos de sobreprotección y abandono, que le crearon una profunda sensación de soledad. De pequeño, jugaba con animales y correteaba entre el campo, gozando de la compañía de sus hermanastros, hasta que su padre lo abandonó causándole un trauma que lo hizo retraído y distante. En las noches soñaba con tener un hermano menor para jugar con él, en la gigantesca casona que habitaba y a la que su madre le había prohibido llevar visitas.

Al cumplir los trece años empezó a experimentar deseos homosexuales y a desarrollar fantasías en las cuales mataba y devoraba a otros para que vivieran dentro de él. Al terminar la secundaria quedó sin empleo y su madre se volvió cada vez más agresiva, por lo que vagaba en la ciudad por la noche, entablando amistades y manteniendo relaciones sexuales esporádicas, sin poder consolidar una relación de pareja.

Desesperado por sus fantasías sexuales destructivas, se enroló en el Ejército y, al igual que Dahmer encontró paz entre la disciplina y el orden de los cuarteles. Al terminar su tiempo de servicio se instaló en Kassel, donde realizó estudios y se empleó como ingeniero informático, siendo apreciado por sus compañeros, que lo recuerdan como una persona cariñosa que se destacaba por su eficiencia.

Sin embargo, Armin llevaba una doble vida dedicada a la búsqueda de pornografía violenta en Internet y a coleccionar toda suerte de objetos y accesorios fetichistas. Por esa misma época su madre falleció, dejándole una pequeña fortuna y una propiedad con cuarenta y cuatro habitaciones que transformaría en un matadero de hombres.

No había nadie que lo controlase y era libre para satisfacer sus deseos más oscuros. Pasaba horas frente a la pantalla del computador escudriñando imágenes sádicas y sangrientas, descubriendo foros sexuales, en donde los usuarios daban rienda suelta a sus impulsos publicando imágenes en las que simulaban escenas de canibalismo.

Fue precisamente en uno de esos foros, denominado "The Cannibal Café Forum", en el que publicó un anuncio en el que buscaba "un hombre entre 18 y 30 años para ser sacrificado y comido", con el que intentaba encontrar el principal elemento para llevar a cabo sus más trastornadas fantasías; alguien que se dejara asesinar y comer, para seguir existiendo dentro de él.

Durante varias semanas entró en contacto con varios sujetos, pero ninguno estaba dispuesto a ser sacrificado, a pesar de que algunos se ofrecían para que les cortara partes del cuerpo y les clavara alfileres durante el sexo, lo que no era suficiente para satisfacer sus deseos. Hasta que apareció Bernd Jürgen Brandes, un ingeniero bisexual de Berlín, cuya mayor fantasía era que le arrancaran el pene. Con él creó una pareja tan siniestra que, en la actualidad, uno de ellos está muerto y el otro condenado a cadena perpetua. Durante semanas, Brandes chateó con su asesino, intercambiando información personal, fotografías eróticas y los detalles de su muerte. Aunque parezca increíble, elaboraron una lista con los pasos a seguir, puntualizando el momento y el lugar de ejecución, así como la organización que deberían tener los restos en la nevera de Meiwes.

Convinieron conocerse el 9 de marzo de 2001, en la estación de trenes de Rotemburgo; Brandes se arrepintió e intentó marcharse, pero finalmente se subió en el automóvil del caníbal. Una vez en la casona, grabaron un video en donde declaraban que estaban de acuerdo con lo que iban a hacer, luego escucharon música, hablaron de su familia, tuvieron sexo y se rieron. De repente, Brandes bebió una gran cantidad de alcohol mezclado con somníferos, y le solicitó a Meiwes que le cortara el pene: "Córtalo de una vez", le expresó en tono dominante.

Sorprendido con la petición, Armin fue hasta la cocina y trajo un cuchillo de carnicería con el que rebanó sus genitales, que después lavó en el fregadero y frió en una sartén aderezándolos con pimienta y ajo. En el comedor, Brandes sonreía de placer mientras grababa cómo su herida emitía un grueso chorro de sangre: "Es increíble, pero se puede ver cómo lo estaba disfrutando", afirmó Harald Ermel, el abogado defensor de Meiwes, quien tuvo acceso a la cinta.

Luego, el caníbal de Rotemburgo se acercó a su víctima y le dio de comer de su propio cuerpo, lo cual no resultó agradable pues según sus propias palabras: "La carne estaba muy fresca y se encogió haciendo que adquiriese un sabor horrible".

Debido a la pérdida de sangre, Bernd se desmayó y Meiwes lo llevó hasta un baño del segundo piso donde lo sumergió en una tina con agua tibia para que se desangrara más rápido. A pesar de ello, Brandes se mantuvo con vida por más de tres horas en las que intentó incorporarse inútilmente, por lo que el caníbal lo condujo hasta una habitación que había bautizado como el cuarto de descuartizamiento. Allí lo degolló y colgó de un gancho para destazarlo y empacar su carne al vacío, que almacenó en un congelador que había preparado para la ocasión.

Durante los días siguientes, cenó su carne, acompañada de puré de papa y vinos de alta gama que guardaba en el sótano. Aunque su fantasía se había cumplido, sus deseos aumentaron, por lo que publicó docenas de avisos en Internet buscando nuevas víctimas. Fue entonces cuando un estudiante lo denunció, después de que le envió un mensaje afirmando que tenía experiencia y que había probado carne humana.

En diciembre de 2002, un grupo de policías llegó hasta su casa. Descubrieron media docena de huesos en el jardín y algunas piezas de carne en el fondo del congelador, que según el caníbal eran carne de jabalí. A pesar de sus explicaciones, la verdad no tardaría en salir a la luz, cuando los técnicos forenses determinaron que se trataba de restos humanos.

La noticia de su captura le dio la vuelta al mundo, no solo por tratarse de un asesino antropófago, sino porque la víctima había consentido el crimen y lo había grabado en video, lo que representaba un desafío para la estructura jurídica alemana. Ya que no existe el delito de canibalismo, se realizaron varios juicios con dictámenes diferentes. En enero de 2004, la Audiencia Provincial de Kassel lo condenó a ocho años y medio de prisión por homicidio por piedad, un delito homologable a la eutanasia sin permiso estatal. Sentencia que fue revertida por el Tribunal de alta instancia de Fráncfort, que lo condenó a cadena perpetua al considerarlo culpable de homicidio agravado.

Dentro de las evaluaciones psiquiátricas realizadas durante el último de los juicios cabe resaltar la del doctor Georg Stolpmann, quien afirmó que era culpable, pues había actuado en búsqueda de un placer egoísta, asentado en la idea de unirse a otra persona para siempre. Para sustentar su hipótesis, Stolpmann leyó una carta escrita por el asesino en la que narra sus sentimientos alrededor del crimen: "Es una sensación descomunal ser dueño y señor de otro (ser humano) y poder cortarlo en porciones". De la misma manera, el sexólogo Klaus Beier declaró que había actuado para experimentar "la sensación más fuerte de su vida", lo que lo hacía enteramente responsable de sus actos.

DORANCEL VARGAS GÓMEZ, EL COMEGENTE

Nunca como gente gorda porque tiene mucha grasa
y eso es malo para el colesterol.
Dorancel Vargas Gómez, 1996

Los años noventa fueron el momento en el que la historia criminal de Venezuela se partió en dos, cuando una extraña noticia sacudió las entrañas de una nación que no estaba acostumbrada a acontecimientos macabros. El primer asesino en serie de la historia del país había sido capturado y los periodistas de Caracas se encargaron de difundir cada aspecto de sus crímenes, sobre todo después de que se dio a conocer que se comía a sus víctimas. Se llamaba Dorancel Vargas, tenía treinta y ocho años y vivía debajo de un puente en la ciudad de San Cristóbal; aunque tenía un largo historial delictivo, había sido diagnosticado con esquizofrenia y confinado a un hospital psiquiátrico del que había salido sin que se tomaran mayores precauciones.

Su aspecto era estrambótico, tenía el cabello largo y enmarañado, su mirada perdida, y sus declaraciones resultaban perturbadoras, pues detallaba los crímenes que había ejecutado con una tranquilidad pasmosa y una voz suave, que parecía provenir de un maestro de yoga.

En cuestión de días, el mundo conoció que había nacido en Caño Zancudo, Mérida, el 14 de mayo de

1957, provenía de una familia campesina que lo había forzado a dejar la primaria para obligarlo a trabajar. Al llegar a la adolescencia cayó en las drogas y empezó a mostrar un comportamiento errático, riñendo fuertemente con su padre y sus hermanos. Se escapó de su casa y se dedicó a robar gallinas y cabras. Acosado por los campesinos que estaban desesperados por los hurtos y porque no podía conseguir bazuco fácilmente, se trasladó hasta la ciudad de San Cristóbal donde construyó un pequeño rancho en las orillas del río Torbes, que bordea la ciudad.

Fue allí donde ocurrió su primer asesinato, cuando en 1995, Baltasar Moreno salió a caminar por el Parque Doce de Febrero, donde desapareció inexplicablemente. Desesperado, uno de sus amigos, Antonio López Guerrero, se dedicó a buscarlo y localizó sus pies y manos cerca del cambuche de Dorancel, a quien denunció a la Policía. Tras ser detenido, Vargas fue declarado inimputable e internado en el Hospital Psiquiátrico de Peribeca, de donde fue liberado luego de dos años, después de que los médicos lo consideraran estable y poco violento.

Sin embargo, Dorancel dejó de tomarse sus medicinas y su familia no pudo prestarle el apoyo necesario pues estaba sumergida en la pobreza. Trastornado, escapó de su casa con la idea de encontrar a Antonio López para castigarlo por haberlo denunciado. Se ubicó en cercanías del río donde armó su cambuche y lo acechó pacientemente hasta que un día lo vio trotando durante la madrugada, se le acercó, lo mató y se llevó sus restos hasta su escondite donde se los comió, cumpliendo de esta manera su más horrenda venganza.

Algún tiempo después, en 1998, se instaló debajo del puente Libertador en el que construyó un pequeño rancho con latas y madera, desde donde entabló amistad con los humildes obreros que se dedicaban a sacar arena del río, y otras personas en condición de indigencia que con el tiempo se convirtieron en su almuerzo. Fue así como acabó con la vida de un hombre identificado como Manuel, a quien ya había conocido cuando estaba preso, y al que asesinó golpeándolo con una piedra en el cráneo, para fabricar empanadas con su carne.

Cuando los investigadores le preguntaron por qué había acabado con la vida de su amigo, Dorancel manifestó que era una acción lógica pues "Como era tan buena persona seguro tenía que estar bien sabroso". Se estima que después de este ataque, aumentó su frecuencia homicida, llegando a matar a una persona al mes con el fin de "comer todos los días carne".

Sin embargo, esta periodicidad causó desazón entre los familiares de sus víctimas, que dejaron de ser exclusivamente indigentes, pues empezó a atacar deportistas, obreros y estudiantes que frecuentaban el río.

Al comienzo, la Policía no prestó mayor atención a las desapariciones, pero cuando aumentaron se dieron cuenta de que poseían un patrón que indicaba la presencia de un asesino en serie, por lo que encargaron el caso a un grupo de detectives especializados de la Policía Técnica Judicial (PTJ), que descubrieron que los desaparecidos presentaban características similares: hombres maduros, atléticos y de altura mediana, que habían sido vistos por última vez cerca del Parque Doce de Febrero en horas de la tarde. A partir de ese momento aumentaron la vigilancia en las riberas del Torbes, pero no pudieron evitar que la gente siguiera desapareciendo sin que existieran pistas o testigos que indicaran su paradero. Por fin, el viernes 12 de febrero de 1999, cuando dos jóvenes que trotaban por el parque hicieron un desagradable descubrimiento al encontrarse con una masa de tela compuesta por docenas de fragmentos de ropa teñida de sangre, que envolvían siete pies humanos en avanzado estado de descomposición. Aterrados, llamaron al comandante de la Policía, que se trasladó hasta el sitio, junto con una gran cantidad de efectivos que localizaron el rancho de Dorancel, donde encontraron el piso cubierto de cartones revueltos con periódicos viejos, plásticos, cabello y piel humana, así como recipientes llenos de carne y vísceras extendidas al sol.

Asombrados por la cantidad de evidencia, solicitaron apoyo de los técnicos forenses que localizaron tres cabezas y un caldero en el que se cocinaba un brebaje preparado con los ojos y las lenguas de las víctimas. Fue en ese momento en el que llegó Dorancel, se quedó observándolos con la mirada perdida y se entregó sin oponer resistencia.

Los pormenores de su caso fueron publicados por la prensa, que horrorizaron a los venezolanos, que lo llamaron el "Comegente". Contrario a lo que podía esperarse, el "Comegente" se mostró tranquilo y narró en detalle cada uno de sus crímenes. Al preguntársele por qué se comía a las personas respondió: "Cualquiera puede hacerlo, pero hay que lavar bien la carne y condimentarla bastante para evitar el contagio de enfermedades".

A pesar de que sus respuestas eran desordenadas y caóticas, los periodistas le preguntaron cuál era la parte que más le gustaba, a lo que contestó: "Yo cocino preferiblemente la panza de 'mis muerticos', porque allí se encuentran los sabores más exquisitos. Lo que menos me gusta son los pies, manos y cabeza, pues me producen muchos gases e indigestión, por eso los boto por ahí, aunque cuando el hambre pega, los recojo y los utilizo para hacer sopas".

Este tipo de aseveraciones llevaron a que el "Comegente" fuera presentado ante un grupo de psiquiatras que le diagnosticaron esquizofrenia paranoide. A ellos confesó que elaboraba empanadas con carne humana para regalárselas a sus amigos, siguiendo el ejemplo de Jesucristo que multiplicó los panes y los peces para dar de comer a sus discípulos.

La estructura del pensamiento de Dorancel es completamente diferente a la de los demás antropófagos que hemos analizado en este capítulo, pues no existe un deseo sexual o una creencia esotérica que motive sus acciones, sino una necesidad compulsiva que brota de su enfermedad mental y lo lleva a engullir gente. Sus acciones son las de un cazador que saborea sus presas, las cuales tenían que cumplir con un estándar determinado, según esta declaración que entregó a los medios: "Nunca como gente gorda porque tienen mucha grasa y eso es malo para el colesterol".

Al final, no pudo ser juzgado bajo el código penal vigente pues fue declarado demente y enviado a una celda de la Dirección de Seguridad y Orden Público del Estado de Táchira, en donde todavía se le mantiene cautivo para protegerlo de los demás presos, que estarían felices de matarlo.

APUNTES FINALES

A pesar de que de las páginas anteriores nos puedan haber horrorizado debido a su contenido, la antropofagia representa un elemento simbólico e histórico que resulta transcendental pues, a pesar de los tabúes que contiene, produce temor y placer en el interior de cada uno de nosotros. Esta dualidad es una de sus características más antiguas, pues el acto de comerse a otros humanos es una expresión ejercida por algunos pueblos como una forma de alcanzar la divinidad, mientras que para la civilización occidental representa un crimen monstruoso y salvaje.

A pesar de estas contradicciones, el canibalismo es una de las manifestaciones que más llaman la atención entre las masas, bien sea porque causa morbo o porque hemos endilgado su práctica a seres diabólicos. Tal vez por ello, quedamos fascinados frente a fenómenos culturales como los zombis, que encarnan el lado más oscuro y primitivo del canibalismo, pues su representación es la de un cadáver putrefacto que ha perdido la conciencia y que reside en un mundo en donde la civilización ha desaparecido, como en las películas de George Romero, la serie *The Walking Dead* o *Virus*, la saga literaria del escritor Álvaro Vanegas.

Sin embargo, los caníbales verdaderos existen y seguirán existiendo, pues a pesar de que quisiéramos que solo fueran una pesadilla, como los Cíclopes que Homero retrató como comedores de hombres, se encuentran en las calles del mundo, acechando y esperando la oportunidad de tragarse a quien consideren más apetitoso.

III

PAYASOS ASESINOS

No sé si usted es de esas personas que les tiene miedo a los payasos, y que cuando era niño lloraba si se le acercaba una masa colorida y de voz chillona que se movía de forma amenazante, en medio de una piñata, como si quisiera hacerle daño, con su nariz colorada, la cara pintorreada y su traje psicodélico. De ser así, estoy seguro de que le gustará este capítulo.

A pesar de que muchos les tienen miedo, los primeros payasos fueron muy apreciados en tiempos antiguos; su presencia quedó registrada en los vetustos papiros que cuentan la historia del faraón Dadkeri Assi, quien gobernó durante la Quinta Dinastía Egipcia en el año 2500 a.C., y que tenía a un actor a su servicio que se maquillaba estrambóticamente y cuya función era divertir a los miembros de la Corte.

A partir de este primer registro encontramos su presencia en cientos de referencias en diferentes culturas a través del tiempo, que incluyen a los actores cómicos de la antigua China, hasta los enanos bufones de la Edad Media, que llegaban a tener más poder que muchos de los nobles de su tiempo, gracias a su cercanía con la familia real; como la enana María Bárbola, quien a pesar de sufrir de hidrocefalia, llegó a hacer parte del personal de servicio del palacio real de España, con la única finalidad de caminar por los pasillos para el deleite de Felipe IV, quien pidió que fuera retratada junto a él en el cuadro *Las meninas* del pintor Diego Velázquez en 1656.

Se cree que el payaso contemporáneo surgió en Inglaterra en 1768, cuando Philip Astley creó el primer circo moderno, en el que incluyó la actuación de un clown llamado "Billy Button", inspirado en los payasos de teatro que se presentaban en los escenarios shakespearianos desde el siglo XVI, y que mezclaba elementos de la comedia física, en la que el personaje sufre fuertes golpes en medio de luces y música de fanfarria.

Con el tiempo la imagen de los payasos fue dejando las cortes y los circos para hacer parte de la vida diaria; así, se convirtieron en mascotas de franquicias de comida rápida, presentadores de televisión, animadores de fiestas infantiles, voceadores de almuerzos corrientes y, en algunos casos, políticos famosos, como Tiririca, el clown antisistema que logró ser senador de Brasil, luego de una reñida campaña en la que regalaba algodones de azúcar en la calle con mensajes revolucionarios.

Pero a pesar de su importancia y preponderancia histórica, los payasos hacen que algunas personas sufran una terrible sensación de espanto, que parece brotar del fondo de su inconsciente y que puede llegar a convertirse en un trastorno psiquiátrico denominado coulrofobia.

La coulrofobia es el miedo irracional a los payasos y afecta generalmente a los niños, aunque también puede manifestarse en adolescentes y adultos, quienes sufren de síntomas como hiperventilación, ataques de pánico y desmayos al entrar en contacto con alguno de estos personajes.

En la actualidad, se cree que el origen de la coulrofobia está conectado con el aspecto de los payasos, que con su maquillaje y sus pelucas, logran borrar su verdadera identidad, causando que los afectados se desorienten y experimenten una profunda desazón. En este sentido, un estudio realizado por la doctora Penny Curtis de la Universidad de Sheffield en 2008, en el que se monitorearon doscientos cincuenta niños que estaban internos en varios hospitales británicos, mostró que, en general, la mayoría de los niños sufrían al ser expuestos a imágenes y a personas vestidas de payaso, lo que parece indicar que la repulsión que provocan puede ser innata.

Igualmente, el antropólogo Claude Lévi-Strauss escribió en su libro *La vía de las máscaras* que el acto de ocultar la cara elimina la posibilidad de reconocer al sujeto, por lo que puede actuar sin restricciones evadiendo la sanción social y causando temor entre los que lo rodean; como la sensación que nos recorre cada vez que vemos una persona que se cubre la cara con un pasamontañas o que tiene deformaciones en su rostro.

Al margen de todas estas consideraciones psicológicas o históricas, la representación del payaso en la sociedad capitalista contemporánea se ha convertido en un producto que atrae a millones de personas mediante películas y personajes de ficción que, en algunos casos, terminaron por convertirse en horrendos casos criminales que cobraron la vida de docenas de personas.

PAYASOS ASESINOS EN ACCIÓN

Como hemos visto, la imagen del clown causa una especie de estupor que lo hace atractivo, lo que ha interesado a científicos como Joel Cohen de la Universidad de Florida, quien llegó a la conclusión de que nuestro cerebro entra en shock al enfrentarse con la mezcla de sensaciones alegres y negativas que provoca su imagen, al mismo tiempo que nuestro organismo segrega adrenalina debido al estrés, lo que produce una sensación agradable y potencialmente adictiva.

Tal vez por ello son tan seductoras las historias que incluyen payasos asesinos, así como las series de televisión y películas, que llegan a convertirse en fenómenos masivos que inundan con su estética las redes sociales, causando que en algunas ocasiones los monstruos se manifiesten en la realidad.

PAYASOS ASESINOS EN EL CINE

El miedo hacia los payasos no es solo un tema neuronal o un trastorno psicológico, pues también es una fuente de dinero, ya que, en los últimos años, algunos productores de Hollywood se han dado cuenta de que los personajes macabros con aspecto de clown logran atraer la atención de las masas, que llegan a pagar grandes sumas de dinero por disfraces, máscaras o figuras de acción.

En la actualidad, se calcula que existen setenta y tres largometrajes de terror que incluyen alguna criatura con figura de payaso dentro de su historia; desde el horrendo muñeco de *Poltergeist* de 1982, hasta la fantástica interpretación de Heath Ledger como el Joker en *Batman, el caballero oscuro,* de 2008. De estas hemos seleccionado únicamente cinco películas que tienen de protagonista a un payaso asesino, y que analizaremos a continuación.

Killer Klowns From Outer Space de 1988, traducido como *Payasos asesinos del espacio exterior.* Es una extraña cinta del director Stephen Chiodo, quien fue el mismo que creó la famosa saga *Critters*, una serie de películas de culto, en donde comenzaría la carrera de Leonardo DiCaprio y en la que un grupo de pequeños monstruos extraterrestres llegan a la Tierra para devorarse a los humanos.

La película de los payasos comienza con dos amantes que ven caer una especie de meteorito que termina por ser una carpa de circo, de la cual sale un grupo de payasos deformes que los atacan. Despavoridos, huyen hasta una estación de policía en donde los tratan como si estuvieran locos. Al mismo tiempo, los clowns llegan al pueblo y atacan a la gente con globos de colores, algodones de azúcar y palomitas de maíz asesinas, todo esto con el fin de secuestrarlos para disolverlos en una especie de capullos de los cuales se alimentan a través de pitillos.

Al final, los dos jóvenes amantes logran detener a los bufones que parecen venir del espacio exterior, destruyéndole la nariz roja a un clown del tamaño de un edificio, que explota destruyendo a sus compañeros y a su nave, y logran de esta manera salvar al mundo. En las últimas escenas, la chica que había visto a los invasores por primera vez le pregunta a su novio si se encuentra bien, quien le responde que sí, pero unos pasteles gigantescos les caen encima. Si usted es amante de los monstruos deformes y el surrealismo, le recomiendo esta joya del cine ochentero.

Clownhouse, o el *Misterio de los payasos*, es una película de 1989, escrita y dirigida por Víctor Salva, que cuenta la historia de tres enfermos mentales que se fugan de un manicomio y llegan a un circo donde matan y les quitan la ropa a tres payasos, para luego introducirse en una casa en donde atormentan a tres adolescentes.

La película es algo lenta y menos impactante que la anterior, aunque merece ser vista por ser un clásico del género y porque fue financiada por el afamado director Francis Ford Coppola, quien tomó esta decisión luego de leer el guion en una sola oportunidad.

Killjoy, del director Craig Ross Jr. (2000), es uno de los filmes más aterradores de la lista, pues mezcla el gore con el terror sobrenatural, cuando Michael, el protagonista, intenta convocar a Killjoy, el espíritu de la venganza, para castigar al novio de una chica que le gusta. Sin embargo, antes de poder terminar el ritual es asesinado y Killjoy se queda sin nadie que lo dirija, por lo que mata a todas las personas que se encuentra de forma espantosa. Sobre esta obra maestra del cine B cabe anotar que el payaso lanza disparos por la boca y que la banda sonora es una mezcla de fanfarrias de circo con música electrónica. Fue tal su éxito que se convirtió en una trilogía. Totalmente recomendada para quienes tienen tiempo y paciencia.

Fear of Clowns (*Miedo a los payasos*), de 2004, del director Kevin Kangas. Es un largometraje que explora la coulrofobia y que muestra la historia de un joven artista que es perseguido por un psicópata que se aprovecha del miedo que tiene a los payasos y empieza a asesinar a todos los que lo rodean con técnicas de estilo medieval como lanzas o hachas. Recomendada para quienes les gustan el gore y los payasos delincuentes.

Drive-Thru, de 2007, y dirigida por Brendan Cowles, es una película independiente que cuenta la historia de Horny el payaso, la mascota de la cadena Hella Burguer, que es poseído por un espíritu maligno y cobra vida para comenzar una sangrienta matanza que tiene por objetivo a un grupo de adolescentes que se divierten jugando a la tabla ouija. Cabe resaltar que este filme esconde una violenta crítica a la sociedad estadounidense y a una cadena de comidas rápidas que es conocida mundialmente y que tiene por mascota a un payaso.

Stitches, 2012, del director irlandés Conor McMahon, es una extraña serie de escenas que transcurren a gran velocidad y que narran la historia del payaso Stitches, quien era un alcohólico, adicto al sexo, y que es asesinado accidentalmente por un grupo de niños durante una celebración de cumpleaños. Años más tarde, retorna a la vida con la intención de vengarse de sus verdugos, ahora adolescentes, y que empieza a ejecutar en medio de una orgía de sangre que se mezcla con música contemporánea, fiestas y diálogos eróticos. Altamente recomendada si a usted le gustan las comedias estadounidenses de adolescentes y el gore. Después de esta pequeña lista, usted debe estar preguntándose por el filme sobre payasos asesinos más importante de la historia y que ha inspirado a millones a hacer gifs y memes con su imagen, y del que nos ocuparemos a continuación.

IT Y PENNYWISE

Para 1986, Stephen King, maestro indiscutible del terror moderno, ya había publicado varias obras maestras, incluidas *Ojos de fuego* (1980), *Cementerio de animales* (1983), la afamada novela *El resplandor* (1977) y *Cujo* (1981), que, según afirma el mismo King, fue escrita bajo los efectos de las drogas y el alcohol, al punto de que prácticamente no recuerda haberla escrito. Pero esos momentos oscuros ya pertenecían al pasado y ahora el autor se dedicaba a disfrutar del éxito arrollador de cada libro que publicaba, de los cuales se vendían —y se siguen vendiendo— millones de copias y que, en su mayoría, eran adaptados al cine, lo que les confería más popularidad.

Una de las claves del éxito de los textos de King es su habilidad para explorar miedos que nos son comunes a la mayoría de los seres humanos, entre esos, claro está, a los payasos. Fue así como a mediados de los ochenta nos trajo a Pennywise, en su libro *It,* más de mil páginas de terror puro y duro. Tuvieron que pasar cuatro años para que el director Tommy Lee Wallace se decidiera a realizar y coescribir una película para televisión dividida en dos partes, conocida en español como *Eso* y que dura más de tres horas. En honor a la verdad, el telefilme no es tan bueno. A veces se torna lento y la resolución, que tan bien queda en el papel, no funciona en pantalla; pero es innegable que Tim Curry, quien se encargó de darle vida a Pennywise, se despachó con una interpretación magistral y creó un personaje que a partir de ese momento y hasta nuestros días hace parte de las pesadillas de millones de personas. Pennywise es una entidad sobrenatural que se erige en una antítesis de Dios; en otras palabras, de todo lo que consideramos bueno y aceptable, y que toma la forma de un payaso siempre sonriente y aterrador que se dedica a perseguir y acosar a un grupo de niños durante años, quienes, ya de adultos, después de años luchando por olvidarlo, se ven obligados a tomar la decisión de enfrentarlo de una vez por todas, dispuestos a matar o morir.

Hoy, la película es objeto de culto entre cinéfilos y aficionados al terror, y es que el Pennywise de Curry es sencillamente perfecto en su maldad, y, como todos los buenos villanos, en especial cuando hablamos de monstruos, es horrendo pero fascinante, tanto así que, aunque nuestra mente nos grita que es mejor mirar para otro lado, es prácticamente imposible apartar la vista.

Como dato curioso, cuando el actor estaba maquillado, los demás miembros del elenco y el equipo técnico le pedían que por favor se apartara e incluso se negaban a almorzar con él, tal era el efecto que este payaso venido del infierno causaba en aquellos que estaban cerca.

En conclusión, si lo que el espectador quiere es asustarse, esta es su película, hay que tener un poco de paciencia y prestar atención para captar lo que en realidad quiere esta monstruosidad, pero vale la pena con tal de disfrutar el ambiguo placer de verlo en una alcantarilla diciendo: "Aquí abajo, todos flotamos".

EL JOKER

Tal vez no existe un personaje tan conocido en la historia del cómic como el Joker, aquel payaso de sonrisa maligna y personalidad anárquica que desafía a Batman con la única finalidad de "ver arder el mundo".

Atiborrado de misterios, es un ser del que no se conoce su verdadero nombre, sin pasado, y que surge de las calles de Ciudad Gótica para robar y asesinar, sin mostrar ningún asomo de culpa o pesar, más allá del amor enfermizo que profesa por Harleen Frances Quinzel, su antigua psiquiatra, a quien transformó en Harley Quinn, una delincuente que usa traje de arlequín.

Su primera aparición fue en 1940 para la revista número uno de *Batman*, en la que su creador, Bob Kane, buscaba crear un personaje opuesto al murciélago justiciero; este terminó siendo un psicópata de pelo verde, gracias a que su amigo Jerry Robinson le mostró una carta de la baraja inglesa que exponía la figura de un bufón y una fotografía del actor Conrad Veidt, quien era conocido por poseer una sonrisa macabra.

A pesar de obtener una gran popularidad desde el comienzo, el personaje careció de historia personal hasta que Bill Finger se atrevió a darle un pasado con su guion *El hombre tras la capucha roja*, que fue publicado en la revista 168 de *Detective Comics* de 1951, en la que cuenta cómo un afamado delincuente, que se ocultaba bajo una capucha de color rojo, se lanzó a un tanque con residuos tóxicos al ser descubierto por la Policía, de la que logró escapar por un desagüe, quedando con la piel quemada y el pelo verde.

Sin embargo, a pesar del esfuerzo de los guionistas por mostrarlo como uno de los villanos más malignos del planeta, fue censurado en los años sesenta, por lo que fue transformado en una especie de payaso que molestaba a la Policía.

No obstante, todo cambió a partir del nuevo milenio y el estreno de *The Dark Knight* de 2008, del director estadounidense Christopher Nolan, en el que se plasmó la cara más oscura del personaje gracias a la memorable actuación de Heath Ledger, quien ganó un Óscar por el papel y falleció antes del estreno, debido al abuso de medicamentos para dormir.

La interpretación de Ledger fue tan impactante que miles de personas se disfrazan con su atuendo cada 31 de octubre para celebrar el Halloween, y el personaje quedó congelado durante un tiempo, pues tuvieron que pasar ocho años para que Jared Leto lo interpretara en el *Escuadrón suicida* del director David Ayer, estrenada en 2016.

Cabe anotar que el Joker utiliza algunos rasgos característicos de los payasos como el vestido y el maquillaje, y tiene comportamientos similares, pues se ríe estruendosamente y hace bromas pesadas en las que asesina o tortura a sus enemigos, como las que le hizo a Jason Todd, el segundo Robin en los cómics, a quien liquidó partiéndole la cabeza con una barra de metal, entre los números 426 y 429 de la edición norteamericana de *Batman* de 1989.

Podemos concluir que la atracción por este villano de la ficción es parte de la sugestión que sentimos por la transfiguración de la imagen del clown, que logra modificar su representación de diversión y alegría por un universo de terror y oscuridad.

ZOZZABY

Si existe una historia acerca de un payaso aterrador, que se desliza entre el mito urbano y las truculentas leyendas que se esparcen por Internet bajo el nombre de *creepypastas*, es la de un ser espectral denominado

Zozzaby, que supuestamente se manifiesta en la ciudad de New Brighton, Inglaterra, en un teatro público llamado Pabellón Floral, que fue construido en 1890. Cuenta la historia que varios empleados han observado la imagen de un hombre ataviado con una nariz larga y afilada, maquillado con tonos pastel y vestido con un traje ceñido decorado con cuadros rosados y azules.

El extraño personaje actúa como si estuviera solo y se mueve detrás del escenario y por los pasillos durante las presentaciones, para desaparecer pocos segundos después al entrar en un palco, un camerino o una habitación de servicio.

Este tipo de manifestaciones se han registrado desde el 1920, cuando varios empleados que trabajaban en el montaje de una obra de teatro entraron en contacto con este extraño personaje, que parecía ignorarlos mientras se movía lentamente entre ellos.

Con el pasar de los años se creó toda una leyenda alrededor de su imagen, cuando un grupo de investigadores locales lo bautizaron Zozzaby, inspirados en un supuesto payaso checo que habría visitado la ciudad a comienzos del siglo XX y que se llamaba Frederick Zozzaby.

Según las leyendas locales, Frederick cayó en depresión debido a que estaba muy lejos de su familia y se había vuelto adicto a las drogas, por lo que fue internado en el asilo Lancashire, luego de haberle lanzado un balde con gasolina y una estopa ardiente a su público, que se salvó de morir pues la antorcha se apagó antes de que le cayera a un niño.

Atormentado por su adicción, terminó ahorcándose, lo que causó que su alma quedara atrapada entre los bastidores del teatro del Pabellón Floral, en el que vaga desde entonces como una sombra que exhibe su viejo traje de Pierrot.

A pesar de que no se trata de un payaso asesino, su caso nos muestra otra faceta de la coulrofobia, en la que el temor colectivo toma la apariencia de un espectro aterrador que convive con nuestra realidad entre las galerías de un antiguo edificio, desafiando los registros históricos, en los que no se encuentra ninguna persona con el nombre de Frederick Zozzaby.

EPIDEMIA DE PAYASOS SINIESTROS

Aunque todavía no es claro su origen, un extraño fenómeno social sacudió a los principales países de Europa, cuando docenas de jóvenes salieron a las calles, vestidos de payasos y armados con bates, barras de metal y cuchillos, para asustar y herir al primero que se encontraran.

Todo comenzó en Northampton, un pequeño pueblo de Inglaterra, el viernes 13 de septiembre de

2013, cuando sus habitantes empezaron a ser aterrorizados por un extraño que estaba vestido de payaso, que llevaba la cabeza de un oso de peluche colgando de sus manos y que actuaba de forma macabra, mirándolos a los ojos y quedándose inmóvil al frente de ellos durante la madrugada. Aunque parecía solo una broma de mal gusto, muchos de los pobladores de la zona llegaron a sentir pánico al encontrarse con aquel extraño personaje al que bautizaron el "Payaso siniestro de Northampton", quien además abrió cuentas en Facebook e Instagram para colgar sus fotografías y anunciar sus futuras apariciones.

A través de las redes, cientos de jóvenes empezaron a enviarle mensajes de admiración y fotografías en las que lo imitaban, lo que produjo que aparecieran más payasos aterradores en otras localidades del Reino Unido, como Mansfield, Sutton y Chesterfield. Poco a poco, los payasos se hicieron más siniestros y cambiaron los muñecos de peluche por cuchillos y martillos de plástico. Aprovechando este fenómeno social, un grupo de productores estadounidenses llamado DM Pranks Productions crearon una serie de bromas inspiradas en payasos que colgaron en YouTube obteniendo millones de visitas en pocas semanas.

En los videos, un payaso monstruoso ataca a transeúntes en lugares públicos, utilizando martillos gigantes o machetes, quienes huyen pensando que se enfrentan a un criminal peligroso o a una aparición demoníaca.

Estos payasos siniestros saltaron a la realidad cuando docenas de jóvenes en España y Francia quisieron imitar a los británicos, pero con armas reales. Fue así como el 10 de octubre de 2014, un adolescente fue capturado en Périgueux, una pequeña ciudad ubicada en el centro de Francia, luego que se disfrazara de payaso y amedrentara con un cuchillo de plástico a un grupo de mujeres.

Algo que no pasaría de ser una broma, si no fuera porque una semana más tarde la Policía capturó a catorce adolescentes con la cara pintada de blanco y narices coloradas que estaban armados con cuchillos, bates y pistolas de balines, que se paseaban al frente de un colegio de primaria, cuyos profesores alertaron a las autoridades.

El caso más grave sucedió en la ciudad de Montpellier, cuando un hombre que llegaba a su casa después del trabajo fue golpeado hasta treinta veces con una barra de hierro por un grupo de payasos que no pudieron ser identificados.

Pero la cosa no paró allí, pues la fama se extendió hasta los Estados Unidos en 2014, en donde un grupo de adolescentes disfrazados de arlequines apareció en la localidad de Wasco, en el condado de Kern, California, portando consigo bates de béisbol y bisturíes.

El sheriff de la localidad se mostró preocupado por la seguridad de los bromistas, pues gran parte de la población estaba armada, por lo que podría atacarlos al confundirlos con ladrones o con criaturas sobrenaturales.

Lo que sucedió cuando en la ciudad de Bogotá (Colombia) el *youtuber* Siendokam se vistió de clown en septiembre de 2015, y se grabó mientras asustaba a los transeúntes del barrio La Soledad, utilizando un machete de lata. Pero en vez de causar terror, sus víctimas le respondieron con golpes y patadas pues pensaban que era un atracador, por lo que tuvo que abstenerse de continuar con sus bromas por miedo a resultar herido.

Este tipo de manifestaciones culturales que se propagan a través de Internet nos muestran el impacto social que tiene la figura del payaso, y el miedo y la atracción que suscita entre nosotros. En este sentido, el doctor Brent Coker, especialista en Psicología del Consumo de la Universidad de Melbourne y autor del libro *Going Viral*, llegó a la conclusión de que los seres humanos nos fijamos en modas o videos de Internet cuando logran emocionarnos, facilitando la liberación de adrenalina y endorfinas que se combinan con nuestras memorias individuales, que hacen que queramos involucrarnos en una actividad que esté de moda, como lo son estos payasos siniestros.

LOS VERDADEROS PAYASOS ASESINOS

A diferencia de los personajes del cine y la televisión que vimos anteriormente, existe una serie de personas que utilizaron su rol de payasos para dar rienda suelta a sus depravaciones y sentimientos de venganza, causando un daño irreparable a la sociedad.

Sujetos como Amon Paul Carlock, un estadounidense nacido en Illinois en 1950, que era conocido por ser uno de los miembros más activos de su comunidad, que participaba activamente en la Iglesia del Nazareno, una congregación protestante de tradición wesleyana donde daba clases a niños y animaba celebraciones familiares, caracterizando a Klutzo, el payaso cristiano, un personaje que inventó y con el que recorría el mundo "enseñando el Evangelio".

Sin embargo, detrás de su maquillaje rosado, su sombrero de peluche y su overol verde, se escondía un hombre completamente diferente al que conocían sus familiares, quienes lo consideraban una persona tranquila y religiosa, imagen que se fue diluyendo cuando llegó al aeropuerto de San Francisco procedente de Filipinas el 9 de octubre de 2007, cargando un voluminoso equipaje en el que guardaba su traje, lo que llamó la atención de un agente de migración que lo separó de la fila y le realizó una requisa de rutina.

Al notar que el hombre intentó esconder su computador portátil, uno de los agentes le pidió que se lo entregara; al revisarlo encontró que estaba lleno de imágenes de niños desnudos en poses eróticas, por lo que le solicitó que le explicara por qué llevaba este contenido, a lo que Carlock le respondió que esa era la forma en que vivían en Filipinas y que por eso les había tomado esas fotos.

El policía no quedó convencido y arrestó a Klutzo, mientras él le imploraba que lo dejara libre pues era un payaso cristiano que trabajaba para una organización de caridad, lo que no le sirvió de mucho, pues le encontraron más fotografías en su cámara digital. Debido a que no tenía una acusación formal en su contra, fue enviado a una clínica psiquiátrica para determinar si tenía problemas mentales, luego de lo cual fue liberado. Sin embargo, la Policía volvió a capturarlo luego de que las autoridades filipinas le informaran que habían contactado a tres de los niños que salían en las fotografías y que vivían en un orfanato que había visitado el payaso, los cuales declararon que habían sido abusados por Klutzo. De inmediato revisaron los antecedentes de Carlock y encontraron que había viajado en varias oportunidades a países pobres en donde había presentado su show en orfanatos de niños, a los que llevaba regalos y donaciones, y en donde habría actuado de manera similar, de acuerdo con los registros que se encontraron en los computadores de su residencia.

Debido a las pruebas que había en su contra, fue trasladado hasta Springfield, Illinois, en donde fue recluido en una pequeña celda en la que dejó de ser divertido y empezó a gritarles una gran cantidad de palabras soeces a los guardas, quienes le dispararon con un arma taser causándole la muerte de forma instantánea.

No obstante, Klutzo no es el único criminal que se ha escondido tras maquillaje blanco y zapatos gigantes, pues existe media docena de abusadores y asesinos que se escudaron en la cándida figura del payaso para cometer sus fechorías.

EL EXTRAÑO CASO DE MARLENE WARREN

Corría el año de 1990 cuando Marlene Warren escuchó el timbre y se dirigió a la puerta de su casa de Wellington, Palm Beach, Florida. Para su sorpresa, sobre el tapete de la entrada pudo ver la silueta de un hombre vestido de payaso que llevaba una peluca naranja y sostenía un manojo de globos multicolores.

En medio del estupor Marlene debió sentir algo de felicidad cuando el extraño le entregó un globo marcado con la leyenda "eres especial", ante lo cual se inclinó dándole tiempo para sacar su revólver y propinarle un tiro que le destrozó la boca y segó su vida de inmediato. Su hijo, Joseph Ahrens, que fue testigo de todo, trató de socorrerla mientras el asesino dejaba atrás los globos y se introducía en un automóvil Chrysler LeBaron, lo cual le proporcionó el tiempo suficiente para poder describirlo a la Policía como un sujeto de mediana altura, con la cara maquillada de blanco, guantes blancos, traje de payaso y botas militares.

Debido a las características del crimen, los medios de comunicación le dieron gran cobertura y las autoridades se vieron presionadas para resolver el caso, por lo que destinaron a sus mejores hombres para adelantar la investigación. Lo primero que hallaron los agentes fue que el principal sospechoso era Michael Warren, esposo de la víctima y que luego de la muerte había cobrado un seguro de vida millonario, y se había apoderado de gran parte de los negocios de la mujer, quien era dueña de dos pequeñas empresas.

Igualmente, los fiscales lograron establecer que Warren sostenía una relación clandestina con Sheila Keen, una mujer casada con la que había viajado en varias oportunidades a congresos y eventos de su trabajo y habían ocupado la misma habitación. Asimismo, los forenses determinaron que los restos de los globos y las flores que quedaron en la escena del crimen habían sido comprados en un supermercado que estaba a menos de un kilómetro de distancia del apartamento de Keen, cuyos vecinos informaron a los detectives que pensaban que los dos sospechosos eran marido y mujer.

Sin embargo, al ser interrogado, Warren declaró que en el momento del ataque se dirigía a un espectáculo automovilístico junto con dos amigos, que corroboraron la coartada, además de ser registrado por las cámaras de seguridad del evento.

El esposo de Keen afirmó que creía en su inocencia y que habían pasado el día juntos sin que él notara ningún comportamiento extraño en ella, a pesar de que las autoridades encontraron fibras de color naranja, similares a las descritas por el hijo de Marlene, en el baúl de un automóvil marca LeBaron, que pertenecía a una agencia de alquiler de autos en la que trabajaba la mujer.

Con el tiempo, Michael Warren se hizo rico y Sheila Keen se divorció, por lo que viajaron juntos hasta Las Vegas, en donde se casaron en una pequeña capilla en 2012, después de lo cual, algunos dicen que compraron entradas para el Circo del Sol. Al final, en el 2023, Keen-Warren aceptó que había matado a Marlene Warren luego de maquillarse de Pierrot y desartar una orgia de horror y violencia.

BRUCE JEFFREY PARDO, EL PAPÁ NOEL ASESINO

Aunque la historia de Jeffrey Pardo no es la de un payaso asesino, sus acciones desataron una de las peores masacres de la historia de los Estados Unidos, por lo que es conocido como el Santa Claus asesino o el Verdugo de Covina.

Nacido en 1966 en Chicago, Illinois, Estados Unidos, en el seno de una familia de origen puertorriqueño que se dedicó a educarlo con amor y respeto, Pardo tuvo una infancia tranquila y era considerado como una persona amigable y de buenos sentimientos, a la que le gustaba involucrarse en actividades religiosas y de beneficencia.

Contrario a estas ideas, al salir del bachillerato tuvo un hijo con una adolescente llamada Elena Lucano, quien lo demandó por dejar que el bebé cayera en una piscina y sufriera daños cerebrales. Fue obligado a pagarle más de cien mil dólares para cubrir los gastos de manutención del menor, que debía depositar en un fideicomiso y que nunca consignó, a pesar de que lo registraba como un gasto extralegal en su declaración de impuestos.

Al margen de estos sucesos, su vida parecía tranquila y próspera, pues había conseguido emplearse en una empresa de tecnología llamada Electronic Systems Radar, en la cual ganaba un promedio de sesenta mil dólares al año.

En 2005 su vida cambió completamente cuando conoció a Silvia Ortega, una mujer de origen mexicano de la que se enamoró perdidamente y con la que se casó al año siguiente, llevándola a vivir a una casa que había comprado en Montrose, un suburbio de Los Ángeles rodeado de bosques y reservas naturales. Parecía que Pardo había construido una vida perfecta, pues su esposa lo amaba profundamente y tenían suficiente dinero para vivir con tranquilidad, por lo que tenía tiempo disponible para involucrarse en las actividades de la iglesia católica de la zona, haciéndose conocer por los miembros de su comunidad, que empezaron a verlo como un líder positivo.

No obstante, bajo su fachada ocultaba deseos e impulsos criminales que lo llevarían al abismo, luego de que sus jefes descubrieran que cobraba horas extras que nunca trabajaba, por lo que fue despedido casi al mismo tiempo que su esposa decidiera divorciarse luego de descubrir que mantenía relaciones sexuales con varias mujeres del barrio.

Jeffrey entró en crisis, pues había quedado desempleado y al mismo tiempo fue demandado por su esposa, cuyo abogado pidió una compensación de varios miles de dólares y la propiedad de la casa.

Atormentado, se mudó a una modesta residencia en la que pasaba sus días viendo televisión y comiendo hamburguesas baratas, a la espera de un trabajo que no llegaba y desilusionado de un Dios que le había dado la espalda. Fue entonces cuando empezó a tener fantasías violentas en las que liquidaba a sus compañeros de trabajo y a su esposa con armas largas, fantasías que le relató a su hermano menor, quien se limitó a sonreír mientras él describía las imágenes que lo obsesionaban.

Frente a la indiferencia de su entorno, empezó a prepararse para cumplir sus fantasías comprándose un fusil, tres revólveres y cientos de municiones en un supermercado en el mes de junio de 2008. Al mismo tiempo construía en su garaje un lanzallamas casero cuyos componentes compró por Internet a lo largo de varios meses.

Durante este tiempo aumentó sus visitas a la iglesia y se mostró extremadamente amable con todos los que lo conocían, incluyendo al abogado de su esposa, quien afirmó ante los medios que Pardo tuvo un excelente comportamiento durante el proceso de separación, que tan solo duró nueve meses.

No obstante, su amabilidad era parte de un plan macabro que se incubaba lentamente sin que nadie se percatase. Tal vez por ello dejó de buscar trabajo y se convirtió en un sujeto introvertido que pocas veces salía de su casa y que gastó trescientos dólares, gran parte de sus ahorros, en un traje de Papá Noel, en noviembre de 2008.

Por esa misma época, su exesposa se mudó a la población de Covina, en el sur de Los Ángeles, en donde rentó una casa con el apoyo de sus hermanos y sus padres, que, a pesar de vivir en México, se habían mudado allí por algunos meses, pues querían acompañar a su hija, que se encontraba deprimida debido a la separación.

En diciembre de 2008 se hizo efectivo el divorcio, por lo que Bruce se llenó de resentimiento. En lugar de buscar ayuda psicológica se aferró a sus planes, por lo que les pidió dinero prestado a sus amigos y compró un tiquete de avión para Illinois, donde pasó algunos días con su familia, luego de lo cual retornó a Los Ángeles, donde se compró un auto con el que recorrió la ciudad, para desearle feliz Navidad a sus conocidos. Luego regresó a su casa y se vistió con su traje de Santa Claus, se puso su barba de plástico y llenó el baúl del vehículo con una gran cantidad de armas y el lanzallamas artesanal que había fabricado. Encendió el motor y se dirigió hacia la casa de su exesposa, a donde llegó a las doce de la noche.

En el interior de la residencia había más de veinticinco personas que gozaban de la fiesta que habían organizado para Silvia, con el fin de que no se quedara sola en su primera Nochebuena como divorciada, por lo que habían decorado el lugar con luces y pequeños muñecos de Santa Claus que se extendían por todo el frente de la casa y estaban rodeados de un puñado de renos luminosos.

Tal vez por eso nadie se extrañó cuando una de las niñas que se encontraba en el lugar gritó que había llegado Santa, y se dirigió emocionada a la puerta, frente a la que se encontró con Pardo, que cargaba una tula repleta de municiones y armas largas. En pocos segundos, Papá Noel sacó una escopeta de su uniforme y le disparó a quemarropa a la pequeña, que cayó al piso en medio de un charco de sangre. Los perros reaccionaron ladrándole y también fueron tiroteados inmediatamente.

En medio de los gritos, Pardo entró en una especie de frenesí, acribillando el árbol de Navidad y destrozando el pavo que se encontraba en el centro de la mesa. Transcurridos quince minutos su exesposa, sus antiguos suegros y la mayoría de sus cuñados estaban muertos, tan solo sobrevivían algunos de los invitados que habían logrado esconderse y de los cuales algunos se encontraban heridos.

Enseguida, Jeffrey regresó hasta donde estaba su tula y sacó su lanzallamas, con el que incineró la mesa del comedor, la sala y algunos de los heridos, que fallecieron calcinados en medio de terribles gritos. Luego se alejó de la casa y usó el lanzallamas contra los automóviles de los invitados. Pero el lanzallamas empezó a fallar y su traje se encendió con el fuego y se chamuscó, causándole quemaduras de gravedad y fusionándose con su piel. Adolorido y sangrante, se montó en su automóvil y se dirigió a la casa de su hermano, quien le brindó una cerveza y le preguntó por sus heridas, ante lo que Bruce guardó silencio y se sentó en un sofá para ver un especial de Navidad que pasaban en la televisión. Al mismo tiempo, la Policía llegó hasta la casa de Silvia y tras una breve investigación lograron ubicar al asesino, por lo que rodearon su escondite y le solicitaron que se entregara. Pardo se encerró en una habitación y se pegó un tiro en la cabeza, acabando instantáneamente con su vida.

Al final, nueve personas habían sido asesinadas y quince niños quedaron huérfanos a causa de las horrendas acciones de un hombre que es considerado como uno de los asesinos en masa más letales de los últimos años, y que desde entonces es conocido como El Papá Noel asesino.

JOHN WAYNE GACY, POGO, EL PAYASO ASESINO

Si ha existido un verdadero payaso asesino a través de la historia, ese es John Wayne Gacy, un carismático y contradictorio estadounidense que nació el 17 de marzo de 1942, en los suburbios de la ciudad de Chicago, en una familia de inmigrantes europeos que se habían establecido en la cuidad debido a la gran cantidad de trabajo que ofrecían las industrias que abundaban en sus alrededores.

Desde sus primeros años, John tuvo que enfrentarse al maltrato de su padre, que lo golpeaba en público con un cinturón de cuero cada vez que cometía un error, mientras le gritaba "mujercita", "estúpido" y "niño de mamá".

Para empeorar las cosas, John fue abusado sexualmente por un amigo de la familia en 1951, y no tuvo ningún tipo de acompañamiento psicológico, ya que guardó silencio frente al hecho. Dos años después sufrió un fuerte accidente en el que se golpeó el cráneo, por lo que se le formó un coágulo de sangre que pasó desapercibido hasta que cumplió dieciséis años, cuando comenzó a sufrir de ataques parecidos a los de la epilepsia.

Lejos de ayudarlo, su padre empezó a acusarlo de fingir su enfermedad para no ir al colegio y provocar lástima, por lo que lo golpeaba mientras se encontraba inconsciente, hasta que lo llevó donde un médico que le recetó diversos medicamentos que lograron disolver el coágulo.

Al igual que su salud, la vida académica de Gacy fue errática y desastrosa, pues asistió a cuatro colegios diferentes, en donde sus maestros sospechaban que sufría de algún tipo de problema de aprendizaje, y nunca se graduó. Esto afectó sus posibilidades de conseguir empleo, por lo que su padre lo echó de su casa al cumplir los veinte años, y le entregó un pasaje de bus con destino a Las Vegas. Allí trabajó en una funeraria durante tres meses, en los que se obsesionó con observar los cadáveres que tenía que custodiar.

Desesperado porque no había podido entablar amistad con nadie y le hacía falta estar cerca de su madre y sus hermanas, retornó a Chicago, en donde realizó algunos estudios en el Northwestern Business College, a pesar de no haberse graduado de la secundaria.

Al poco tiempo consiguió empleo en la fábrica de Zapatos Nunn-Bush, y se mudó a Springfield, Illinois, en donde conoció a Marlynn Myers, con quien se casó en septiembre de 1964. Estabilizó su vida y se volvió muy activo en su trabajo, por lo que logró ascender rápidamente y ocupar el puesto de supervisor en 1965. Sin embargo, su vida privada era un infierno, tenía grandes conflictos con su pareja, pues sufría graves problemas sexuales y rara vez conseguía una erección, a pesar de lo cual engendró a su única hija biológica. Luego se mudó a Waterloo, Iowa, en donde la familia de su esposa era dueña de un restaurante de la cadena Kentucky Fried Chicken, en el que se desempeñó como gerente. En ese momento empezó a sentir atracción por los adolescentes que se dedicaban a freír pollo, y a pesar de que negaba su homosexualidad, compraba gran cantidad de material pornográfico gay e intentaba chantajear a los chicos más pobres del establecimiento para que le practicaran sexo oral.

Fue así como invitó a un adolescente llamado Edward Lynch a jugar billar en su casa y le propuso que el perdedor le practicara una felación al otro, propuesta a la que el chico se negó, razón por la cual lo atacó con un cuchillo que afortunadamente logró esquivar. Enseguida, Gacy le pidió perdón, le rogó que no le contara a nadie acerca de lo sucedido y le regaló una película porno. Este tipo de ataques muestran el patrón criminal que construiría con el tiempo, pues sus víctimas siempre fueron adolescentes a los que llevaba engañados hasta su casa para cumplir sus fantasías. Jóvenes como Donald Voorhees de quince años, a quien invitó a su casa para ver películas pornográficas, luego de lo cual le ofreció dinero para que lo masturbara, acción que el chico realizó en varias oportunidades.

Durante este tiempo, Gacy descubrió que tenía una gran capacidad de persuasión, y los miembros más prestigiosos de la comunidad lo consideraban un ciudadano modelo, por lo que se inscribió en la Cámara de Comercio, presentándose como candidato a la presidencia de la entidad, algo que, a la postre, sería su perdición.

Por una increíble casualidad, uno de los miembros de la junta de la Cámara era el padre de Donald Voorhees, quien le preguntó a su hijo qué pensaba de Gacy, a lo que este respondió contándole lo sucedido en su casa. John fue denunciado ante la policía, y expulsado de la agremiación, que lo declaró persona no grata en el pueblo.

De repente, la vida de Gacy se derrumbaba. Fue conducido a la cárcel luego de ser condenado a diez años por abuso de menores, su esposa lo abandonó y sus suegros le quitaron su trabajo, anunciándole que nunca más lo ayudarían.

Pero en poco tiempo logró adaptarse a su vida de prisionero, ocupó el puesto de cocinero y persuadió a los demás presos para que lo nombraran su representante. Fue durante esta época que mejoró sus habilidades sociales al convertirse en uno de los jefes de la prisión, sin necesidad de recurrir a la fuerza física o la violencia.

Luego de pasados dieciséis meses tras las rejas, su padre falleció, suceso que aprovechó para solicitarle a la Corte que le otorgara el beneficio de libertad provisional, lo que le fue concedido por su buen comportamiento. Gacy regresó a casa de su madre, en donde fundó su propia empresa dedicada a la construcción, llamada PDM Contracting (Pintura, Decoración y Mantenimiento). En 1971 compró una casa en un sector conocido como West Summerdale Avenue, considerado uno de los vecindarios más seguros de Chicago. Allí se reencontró con Carole Hoff, una antigua compañera del colegio que había tenido dos hijas producto de un matrimonio difícil, con la que se fue a vivir, aparentando ser un esposo caritativo y bondadoso.

Con el fin de aprovechar mejor sus relaciones sociales, se inscribió en el comité local del Partido Demócrata, en donde escaló rápidamente hasta convertirse en uno de sus miembros más activos, por lo que decidió aumentar su popularidad creando su propio personaje: Pogo, el payaso.

La estética de Pogo resultaba bastante extraña, pues no era parecida a las imágenes de payasos de la época, que evitaban maquillarse exageradamente la boca y colocarse gorros que les cubrieran toda la frente. Gacy se pintaba de azul el contorno de los ojos y utilizaba un traje blanco con líneas rojas y un sombrero que estaba coronado por tres esferas de terciopelo. Debido a su expresividad, Pogo se volvió famoso en los hospitales infantiles de la ciudad, a los que llegaba sonriente, regalando globos de colores y pequeños muñecos de peluche que compraba con su propio dinero.

Como su empresa era próspera y se estaba enriqueciendo, empezó a organizar asados en su jardín que llegaron a congregar a más de trescientas personas, que regresaban a sus hogares con la panza repleta y las narices impregnadas con los malos olores que expelía su casa.

Sin embargo, el olor era lo de menos, pues su esposa empezó a darse cuenta de que coleccionaba una gran cantidad de revistas y videos pornográficos, así como docenas de juguetes sadomasoquistas a pesar de que nunca tenían sexo, los cuales guardaba en el mismo lugar en donde almacenaba el disfraz de Pogo.

En diciembre de 1978, un par de vecinos lo visitaron para solicitarle que hiciera algo con el olor putrefacto que empezaba a filtrarse por las ventanas del vecindario, a quienes les contestó que él mismo se encargaría de limpiar las cañerías, pues estaba convencido de que debajo de su residencia había un nido de ratas muertas.

Ese mismo día, la madre de Robert Piest, un joven de quince años que trabajaba como ayudante de farmacia, empezó a preocuparse porque su hijo completaba dos días sin llegar a dormir y lo único que sabía era que había quedado de encontrarse con un hombre que le había ofrecido empleo y se llamaba John Wayne Gacy.

Angustiada llamó a la Policía, quien designó al teniente Joe Kozenczak del Departamento de Policía de Des Plaines, para ocuparse del caso. Él encontró una tarjeta con el nombre de Gacy en la habitación del menor y marcó su teléfono, informándole que estaba obligado a responder algunas preguntas en la comisaría.

Aunque Gacy respondió las preguntas con amabilidad y negó conocer a Piest, Kozenczak solicitó una orden de allanamiento en su contra luego de revisar sus antecedentes de abuso a menores, orden que le fue otorgada en menos de veinticuatro horas.

En poco tiempo, la Policía llegó hasta la residencia, en donde encontraron una gran cantidad de instrumentos de tortura en el sótano, algunos de los cuales estaban cubiertos de sangre, por lo que fue arrestado y dejado en los calabozos de la estación de Policía.

Durante los primeros días, se mostró tranquilo y colaborador, y comentó en los interrogatorios que tenía una empresa que facturaba más de un millón de dólares al año, era amigo del alcalde de Chicago y se había tomado una foto con la primera dama de la nación, Rosalynn Carter, lo cual resultó ser cierto.

Al no encontrar evidencia en su contra lo dejaron libre y le asignaron dos policías para que lo vigilaran permanentemente, con los que intentó establecer una relación de amistad para manipularlos, lo que constituiría su peor error.

Una tarde invitó a los agentes a comer en su casa, quienes aceptaron gustosos hasta que uno de ellos sintió un olor nauseabundo y logró identificarlo gracias a que había estado en la guerra, en donde había tenido que transportar los cadáveres de los soldados que fallecían en el frente. De inmediato, Joe Kozenczak dio la orden de que revisaran el sótano, en donde hallaron una trampilla que abrieron, y encontraron que el fondo estaba completamente inundado por un agua de color blanco que expelía un olor penetrante.

En cuestión de minutos consiguieron una motobomba con la que drenaron el líquido y descubrieron una de las escenas más horrendas de la historia: acostados y puestos boca arriba había media docena de cadáveres en diferentes estados de descomposición, ante lo que Gacy susurró: "se acerca el final, maté a más de treinta personas".

Pero este macabro descubrimiento sería solo el principio, pues a partir de ese momento iniciaría uno de los juicios más importantes de la historia de los Estados Unidos, en el que se descubrirían la forma en que Pogo ultimó a sus víctimas y algunos de los rasgos de su personalidad que todavía siguen asombrando a los psicólogos.

El juicio comenzó el 6 de febrero de 1980. Gacy tomó una actitud calmada y silenciosa, a pesar de los ataques de la Fiscalía, que lo presentaba como un monstruo, mientras que su abogado defensor trataba de argumentar que estaba loco, por lo que fue sometido a un examen psiquiátrico que dictaminó que no mostraba remordimientos, tenía una gran capacidad para mentir y estaba legalmente sano.

Al mismo tiempo que el tribunal analizaba las pruebas, la Policía destrozó una losa de cemento que había instalado en el garaje. Así fueron hallados los cuerpos de tres jóvenes completamente descompuestos. Sin embargo, la prueba más contundente se dio cuando Jeff Rignall, un joven que había sido secuestrado por Pogo el 21 de marzo de 1978, se presentó ante la sala y contó las torturas a las que lo había sometido.

Esta declaración nos permite conocer la mecánica criminal de Gacy, quien lo contactó en la calle y le ofreció marihuana para que se subiera a su carro, luego de lo cual le cubrió la cara con un pañuelo empapado de cloroformo para dejarlo inconsciente; después lo condujo al sótano de su casa, en donde lo desnudó y lo amarró con unas cadenas que había asegurado a la pared.

Al despertar, Rignall se dio cuenta de que estaba secuestrado, por lo que empezó a pedir ayuda; sin embargo, lo único que logró fue llamar la atención de Gacy, que se le acercó con unas pinzas de metal y le arrancó docenas de trozos de piel mientras lo violaba.

Debido a la gran cantidad de cloroformo que corría por sus venas, Rignall volvió a desvanecerse, sin identificar el lugar en donde estaba. Despertó semidesnudo en medio de la nieve en un parque, por lo que se dirigió al médico, que le informó que tenía dañado el hígado por haber sido expuesto a una gran cantidad de tóxicos que le afectaron la memoria, pues lo único que recordaba de sus días en el sótano era una pintura que su agresor le exponía continuamente y que mostraba la imagen de un payaso.

Este relato sirvió para que los perfiladores criminales establecieran la forma en que atacaba a sus víctimas, a las que seducía para llevarlas hasta el sótano de su vivienda, en donde las torturaba, violaba, y después echaba a un foso que había instalado debajo de la construcción, el cual había llenado con cal y ácido para acelerar su descomposición y evitar los malos olores, lo que nunca consiguió pues saturó el lugar de cuerpos.

Al final, el 13 de marzo de 1980, John Wayne Gacy fue hallado culpable del homicidio de treinta y tres adolescentes y condenado a doce penas de muerte y veintiún cadenas perpetuas, todo esto a pesar de que sus abogados intentaron que se le conmutara la pena de muerte por información sobre la ubicación de otros desaparecidos.

En prisión, Pogo pasó sus últimos años como una celebridad, recibiendo la visita de profesores universitarios, estrellas de rock y mujeres que se sentían atraídas por su historia. En su celda colgó docenas de imágenes en las que se retrataba vestido de payaso junto a los enanos de Blancanieves, las cuales vendía por altas sumas de dinero y que actualmente se encuentran en poder de reconocidos coleccionistas.

Sus crímenes impactaron la cultura popular y fueron explotados por varios artistas como la banda argentina Patricio Rey y sus Redonditos de Ricota, que titularon una canción "Pogo", y Jonathan Davis, el vocalista de Korn, que compró el traje de payaso de Gacy, el cual mantiene expuesto en el sótano de su casa. Aunque sus actuaciones crueles y salvajes son totalmente reprochables, es probable que, si hubiese crecido en un hogar en el que se tolerara la diferencia y la diversidad sexual, docenas de personas seguirían con vida, por lo que es necesario que en la sociedad actual se eduque a las familias con el fin de evitar tragedias futuras.

Pero, a pesar de su fama y del dinero que consiguió con sus imágenes, su destino estaba marcado desde el día en que decidió matar, por lo que fue llevado a la sala de ejecución luego de comerse un pollo frito con papas como última cena, en donde lo recostaron sobre una camilla y le administraron cuatro miligramos de bromuro de pancuronio, dosis que le detuvo el corazón mientras gritaba sus últimas palabras a los guardas: "Bésenme el culo, nunca sabrán donde están los otros cuerpos".

IV
MAGOS Y HECHICEROS

Desde tiempos inmemoriales, la humanidad ha soñado con volar, manipular el clima o hablar con los animales, anhelos que siguen vigentes y que nos sacuden cada vez que jugamos *Final Fantasy*, ojeamos *El Señor de los Anillos* o vemos una película de *Harry Potter*.

Sin embargo, la magia no es un juego o una representación de nuestra obsesión por controlar el universo, pues en ella residen profundos temores que datan de los tiempos en que nuestros antepasados vagaban por el mundo desprovistos de tecnología, enfrentándose a bestias salvajes, sequías y plagas, que solo podían vencer a través de quimeras y sortilegios.

Fue allí, durante el Paleolítico, cuando empezamos a fantasear con mundos después de la muerte y planos espirituales en donde nuestros seres queridos continuaban viviendo a la espera de nuestra llegada a su dimensión.

Entonces aparecieron las primeras creencias animistas, en donde se piensa que los objetos, animales y plantas poseen espíritus que pueden ser invocados por los humanos mediante el trance, la meditación o el consumo de plantas alucinógenas.

A estos hombres poderosos, capaces de curar y visitar el mundo de los espíritus, los llamamos chamanes.

Una gran cantidad de antropólogos, como Mircea Eliade, han estudiado el fenómeno del chamanismo, y llegado a la conclusión de que es la forma de pensamiento mágico más antigua del planeta y la única que se plantea la posibilidad de viajar a otros mundos a través de estados alterados de conciencia.

Sin embargo, los chamanes tienen un papel activo, pues viajan hacia esas otras realidades para enfrentarse a las criaturas malignas que habitan en ellas, con el fin de sanar y curar a los enfermos, por lo que son considerados hombres sabios y líderes espirituales en el interior de sus grupos.

A pesar de ello, las estructuras sociales de algunas culturas se complejizaron con el tiempo, por lo que surgieron las primeras ciudades, y las creencias se transformaron en religiones. Aparecen entonces individuos con dones especiales que son considerados adivinos, oráculos o astrólogos, y que tendrán un papel preponderante en las cortes de los primeros imperios.

Los gobernantes asirios, egipcios y babilónicos, poseían consejeros especializados en interpretar las señales de la naturaleza, para defenderlos de las entidades demoníacas y las energías negativas que les enviaban sus enemigos.

Poco a poco, estos consejeros mezclaron la sabiduría de los chamanes con la filosofía, la matemática y la botánica, y se transformaron en los primeros magos.

Sobre el origen de la palabra mago existe una controversia, pues se dice que proviene de una tribu de Medio Oriente cuyos miembros eran llamados magi, y que eran los encargados de ejecutar los ritos funerarios de los altos dignatarios del Imperio persa, que los consideraban los guardianes de las enseñanzas del gran Zaratustra.

Según algunas inscripciones, fueron una especie de sabios místicos que estudiaban astronomía y las creencias de las distintas religiones, y eran bien vistos por casi todas las culturas, por lo que llegaron a ser mencionados en la Biblia como los famosos Reyes Magos de Oriente (Mateo 2: 1-12).

No obstante, existe otra versión que dice que la palabra magia proviene del griego *mageia,* que significa "cualidad sobrenatural", y que surgió como respuesta a cataclismos como sequías e inundaciones, que solo eran explicables mediante la intervención de deidades malignas o dioses vengativos.

En este sentido, el antropólogo James Frazer propone en su libro *La rama dorada* la idea de que existen dos tipos de magia: la magia contaminante y la magia imitativa, que analizaremos a continuación.

La magia contaminante es un tipo de creencia que se basa en la idea de que las cosas que han tenido contacto entre sí quedan unidas por un lazo invisible. Aseveración que se encuentra presente en la brujería contemporánea, cuando se utilizan fluidos y fotografías de personas para hacerles daño, o en la medicina homeopática, en la que se suministran extractos de plantas o minerales a los enfermos para curarlos.

Por otro lado, Frazer postula que existe otro tipo de magia que denomina imitativa, en la que las acciones de las personas hacen que las cosas y la naturaleza se comporten de forma semejante. Un ejemplo de ello son los rituales de sacrificio en los que se asesina a personas para que las deidades impidan sequías o inundaciones. Al margen de estas propuestas académicas, existen otras divisiones que provienen de la tradición popular que están relacionadas con el propósito y las intenciones de los magos, que se agrupan principalmente en dos líneas: la magia blanca, que está relacionada con la protección, la ayuda y el bienestar, y la magia negra, que tiene por objetivo producir daño y sufrimiento mediante la brujería y la necromancia.

Sin embargo, no solo existen la magia negra y la magia blanca, pues algunas personas dicen practicar la magia verde, que manipula la naturaleza, invocando a seres elementales como hadas y duendes, para tener buena suerte o remediar sus dolencias. Igualmente, se dice que existe la magia roja, que está asociada con la posibilidad de establecer pactos con entidades demoníacas para conseguir dones, fama o riqueza, ejecutando sacrificios de sangre y rituales oscuros.

Estas divisiones hacen que existan distintos tipos de magos, como los nigromantes, que son expertos en las artes oscuras; los magos del bosque, que viven rodeados de gnomos y trasgos, y los brujos, que pueden volar y tienen pacto con el diablo.

A pesar de que esta perspectiva resulta interesante, durante este capítulo exploraremos las diferentes dimensiones de los magos a través del tiempo. Desde los que aparecen en las leyendas y las tradiciones europeas, hasta los filósofos y cabalistas de la Edad Media que intentaron descifrar el nombre de Dios y terminaron sentando las bases del humanismo contemporáneo.

También analizaremos los casos de magos contemporáneos que fundaron sociedades secretas y se adelantaron a la ideología de género y al uso de drogas recreativas.

Finalmente, exploraremos la mente de algunos asesinos en serie que se hicieron pasar por hechiceros para engañar, torturar y matar, con la única finalidad de cumplir sus más profundos deseos.

MAGOS MÍTICOS

Los primeros magos de la humanidad fueron sujetos que mezclaron los conocimientos de los antiguos chamanes y los primeros filósofos, que buscaban entender la mecánica del universo y que terminaron transformados en personajes legendarios gracias a las tradiciones populares: a ellos se les adjudican dones sobrenaturales, como volar o volverse invisibles.

Tal vez por ello, son representados como personas que conocen el significado oculto de la naturaleza, proyectada en los cometas, las tormentas y las marejadas, que tienen la habilidad de comunicarse con los animales y los seres que residen en las profundidades de las montañas y los bosques, entre los que a veces habitan.

Son estos magos los que han servido de inspiración a las películas contemporáneas, en las que preparan pociones en calderos y luchan entre sí entonando conjuros para invocar dragones y aberraciones imposibles.

Pero, aunque nos parezca ficción, fueron estos hechiceros los que redactaron los primeros grimorios, que son aquellos libros que contienen las instrucciones para invocar ángeles, demonios y espectros, además de guardar los secretos para consagrar talismanes, amuletos y anillos mágicos con los que se pueden transgredir las leyes de la naturaleza.

Esta tradición de textos extraordinarios parece haber surgido en la alta Edad Media, relacionada con el desarrollo de técnicas de adivinación y transmutación como la cábala, y las tradiciones de pueblos paganos que no pudieron resistirse a la expansión del cristianismo, como los celtas y los vikingos.

Es en este contexto en el que aparecen los primeros relatos sobre magos legendarios, que unifican la realidad con la ficción y que se convirtieron en parte del imaginario popular, de tal modo que sus historias pudiesen llegar hasta nosotros.

MERLÍN

Si existe una historia que representa la unión entre el chamanismo y la magia es la de Merlín, el mago más conocido de la historia y sobre el que se han tejido toda suerte de mitos que conectan su vida con un mundo de fábulas y gestas heroicas que todavía captan la atención de millones de personas.

Según la tradición británica, Merlín nació en el siglo VI, en un antiguo reino rodeado de bosques en el interior de Gales, y era el hijo de un demonio que tomó forma humana y penetró en un convento, en donde abusó de una monja de clausura. Existen otras versiones en las que su madre era una princesa casta, o una criatura de los bosques que lo engendró sin ninguna intervención masculina.

Asimismo, algunos folcloristas señalan que *Merlín* es en realidad una contracción del nombre Myrddin Emrys, uno de los hijos bastardos de Aurelius Ambrosius, uno de los reyes más importantes de Britania, hermano del legendario Uther Pendragon, padre del rey Arturo.

Históricamente, el surgimiento de la leyenda de Merlín coincide con el momento en el que el cristianismo se empezó a diseminar por las islas británicas, ocupadas en ese momento por grupos tribales que creían que la naturaleza estaba habitada por una gran cantidad de criaturas como hadas, duendes y demonios, que fueron satanizadas por los evangelizadores católicos, que persiguieron a sus chamanes acusándolos de ser adoradores del diablo y destruyendo sus ídolos.

Aun así, el mito de Merlín obtuvo gran fama, al ser considerado un personaje que formaba parte del mundo espiritual y que era capaz de materializar objetos, leer el cielo y adivinar el futuro mediante una compleja serie de encantamientos.

Se cree que sirvió de consejero al rey Luis VI y al mítico rey Arturo, a quien acompañó en una gran cantidad de aventuras y gestas que hacen parte del folclor británico.

Entre los poderes que poseía Merlín, se cree que tenía la capacidad de dialogar con las hadas, los gnomos y los dragones, quienes lo respetaban, debido a que los defendía de los cazadores y los carpinteros que querían hacerles daño o talar sus árboles.

De su rol de adivino se piensa que predijo la muerte de varios reyes, las cruzadas y el fin del mundo. También se afirma que era capaz de transformarse en águila o lobo, así como de controlar el clima y los elementos, desatando o disipando tormentas y nevadas para el bien de su pueblo.

Su representación se ha vuelto tan popular que muchos de los personajes del cine y la literatura la han perpetuado, pues se le describía como un hombre alto y delgado de cabello largo, con barbas profusas y sombrero en punta.

Su muerte está ligada al amor, pues cuando Merlín era un anciano conoció a una adolescente llamada Nimue, quien era hija del rey de Northumberland, y a quien le enseñó sus conocimientos a cambio de que se convirtiera en su amante.

Completamente enamorado, utilizó sus poderes para construirle un palacio en el fondo de un lago y le dio el título de Dama del Lago, pero la chica empezó a temerle pues era hijo de un demonio, y aborrecía acostarse con él, pues era viejo y feo, por lo que le solicitó que le enseñara un hechizo para capturar a un hombre, que el augur le entregó sin pensar que lo usaría para aprisionarlo en el interior de un árbol, del que nunca pudo volver a salir. Aunque existen otras versiones, en la mayoría termina atrapado, bien sea en el palacio que construyó en el fondo del lago, en un castillo o en un faro abandonado.

Algunos literatos especulan que el trágico destino de Merlín es en realidad una alegoría que representa el retorno a la naturaleza, que deja la sensación de que su magia es mucho más fuerte que la muerte física y que sus poderes terminan por fundirlo con el cosmos, al que no puede controlar en su totalidad.

En la actualidad existe una gran cantidad de series, películas, novelas y videojuegos basados en su leyenda, que explotan su imagen de mago justo y poderoso, lo que muestra la vigencia de este tipo de personajes en nuestras sociedades, en las que la magia ha dejado de habitar entre los bosques para proyectarse en las pantallas de los cines y los smartphones.

ABE NO SEIMEI

Abe no Seimei (安倍晴明) fue un mago y filósofo japonés, nacido el 21 de febrero del año 921, recordado por ser uno de los hechiceros más poderosos de su país, protagonista de una serie de relatos en los que derrotó a una gran cantidad de demonios y criaturas fantásticas, apodado el Merlín de Oriente.

La importancia de Seimei radica en que hacía parte de una corriente mística llamada *onmyōdō*, que surgió de la unión de diversos dogmas que llegaron a Japón entre los siglos V y VI, que combinaba elementos de la astrología y adivinación tradicional con principios chinos, coreanos e hindúes como el yin y el yang, el budismo y el confucionismo.

Todas estas creencias se entremezclaron y crearon una doctrina que predicaba que se podía predecir el futuro a partir de los eventos y manifestaciones de la naturaleza, siendo asimilada con tal fuerza por la sociedad japonesa que los miembros de la Corte imperial mantuvieron a un grupo de *onmyōjis* —antiguos hechiceros, adivinadores y expertos en el *onmyōdō*— como sus oráculos, a quienes les rendían culto y consultaban antes de tomar cualquier decisión.

Los *onmyōjis* no solo poseían el poder de la adivinación, sino que también eran capaces de manipular las emociones y los sentimientos humanos a partir de toda suerte de sortilegios.

Eran conocidos por ser los únicos capaces de alejar a los fantasmas yurei, que, según la tradición nipona, son las almas de personas que sufrieron muertes trágicas o que se suicidaron y quedaron deambulando por nuestro plano de existencia. Los yurei suelen aparecer entre las dos de la madrugada y el amanecer, vestidos con una mortaja y un pedazo de papel con forma triangular adherido a la frente, atormentando a quienes los ofendieron en vida, sin causarles daño físico.

Para hacerles frente a estos espíritus, se conjuraban hechizos de protección utilizando cintas de papel con escrituras santificadas, que podían espantarlos o destruirlos, dependiendo del poder del mago.

De acuerdo con la leyenda, Abe no Seimei era el más poderoso de los *onmyōjis*, y había obtenido sus poderes gracias a que era hijo de un hombre llamado Abe no Yasuna y de una mujer llamada Kuzunoha, quien era una kitsune, un espíritu ancestral ligado con la fertilidad que se representa como un zorro volador de nueve colas, que en ocasiones puede tomar forma humana.

Esta situación híbrida se manifestó a los cinco años, cuando Seimei empezó a realizar prodigios y a predecir la muerte de los amigos de sus familiares, por lo que su madre confió su educación a Kamo no Tadayuki, un sabio del *onmyōdō*, con la finalidad de que pudiera vivir como un humano y no se transformara en un ser malvado.

A partir de ese momento aprendió las artes de interpretar los movimientos de las aves y los astros, descubriendo los profundos secretos de la meditación mística, gracias a los que realizó una serie de proezas como curar enfermedades y controlar el clima, por lo que se convirtió en el mago mayor de la Corte de Kioto, en donde se enfrentó con Ashiya Doman, el mago que ocupaba el puesto antes de él.

Ashiya Doman promulgó que Seimei era un farsante y lo retó a un duelo de adivinación, que consistía en descubrir el contenido de una caja cerrada en la que previamente había puesto quince mandarinas, razón por la que estaba seguro de que ganaría. Sin embargo, Seimei transformó las frutas en ratas, aseveró que dentro de la caja había quince roedores e hizo quedar en ridículo a Doman, que huyó sin aceptar su derrota.

En los últimos años, varios historiadores obsesionados con la vida de Abe no Seimei han comprobado su existencia mediante pruebas documentales, aunque consideran que sus luchas sobrenaturales son producto de historias populares que se fusionaron con su oficio de astrólogo.

SAN CIPRIANO

Aunque en la actualidad la Iglesia católica no está de acuerdo con ninguna clase de brujería, existe un santo que fue venerado durante siglos como el patrón de los hechiceros y nigromantes, y llegó a ser considerado como uno de los adivinos más poderosos de todos los tiempos.

Nacido a mediados del siglo II en Antioquía, una región ubicada en el sur de Turquía, entre Siria y Líbano, Cipriano gozó de una buena niñez al lado de sus padres, quienes eran ricos, se dedicaban al comercio y le enseñaron a leer y escribir para que les ayudase con la contabilidad de sus negocios.

Debido a su trabajo, viajó por las principales capitales de su época, donde aprendió varios idiomas y a leer distintos tipos de escritura, que lo acercaron a los conocimientos de media docena de culturas.

Conforme se hizo mayor, se sintió atraído por las creencias de India y Caldea, así como por la astrología, la magia y las artes adivinatorias, convirtiéndose en un famoso nigromante cuya presencia era solicitada por gentiles y gobernantes.

A partir de aquí su historia se mezcla con la leyenda, pues se narra que un día se le acercó un joven llamado Aglaide, quien le pidió que lo ayudase a conquistar a una chica que se llamaba Justina, que lo rechazaba con el argumento de que estaba consagrada a Dios y que por eso moriría virgen.

Cipriano, que por entonces tenía treinta años, recurrió a sus hechizos sin obtener ningún resultado; por lo que conjuró al demonio más poderoso de todos, al cual le preguntó la razón de que su magia no hiciera efecto.

Satanás, que se manifestaba a través de sombras, le dijo que sus poderes y artilugios eran inútiles para influenciar a Justina porque era cristiana y estaba protegida por el dios más poderoso del universo.

Desesperado, el mago se convirtió al cristianismo, se unió a Justina y rechazó al diablo, abandonando para siempre la práctica de la magia, no sin antes devolverle el dinero a Aglaide y escribir uno de los tratados de hechicería más importantes de todos los tiempos: *El libro de san Cipriano*.

El libro de san Cipriano, también llamado *Ciprianillo*, es un grimorio que fue prohibido y perseguido durante siglos por toda clase de iglesias, y cuyo original estaba guardado en el monasterio del Brocken (Alemania), hasta que fue encontrado por Jonás Sufurino, un monje que lo tradujo del hebreo antiguo y lo publicó, no sin antes realizar pactos con algunos espíritus de la corte infernal.

El tratado está dividido en capítulos que contienen los conocimientos necesarios para ejercitar las artes mágicas, así como una descripción detallada de los instrumentos, los vestidos y las ceremonias que se necesitan para entablar pactos con los seres infernales. También contiene una lista de procedimientos para enamorar a alguien, volar o experimentar la invisibilidad.

Dentro de sus páginas existe un aparte interesante, en el que se indica el modo de preparar los amuletos y los talismanes, así como la forma de protección para resguardar a la persona que los porta. Además, contiene un corto tratado de demonología con la jerarquía completa de los espíritus infernales, que incluye dibujos en los que se muestran su forma y los pasos necesarios para establecer un pacto con ellos, sin que puedan atacar a quien los invoque.

Hechizo para volar, de *El libro de san Cipriano*

Esta experiencia deberá ejecutarse, como se dice, en las horas de los planetas, después de las doce de la noche. Antes de principiar el trabajo, y una vez que todo se tenga preparado, se dirá la siguiente invocación:

Atha, Milech, Nigheliona, Assermalcch. Bassamoin, Eyes. Saramelachin, Baarel, Emod, Egen, Gemos. A todos vosotros, espíritus invisibles, que recorréis sin cesar el firmamento y todo lo creado, quiero invocar en esta hora para que me adornéis, si me halláis suficientemente digno, de vuestras alas poderosas a fin de que pueda conocer la fuerza y eficacia de este experimento. También acudo a vosotros, joh, magnánimos Cados, Eloy. Zcnath y Adonay, suplicándoos reverentemente me dotéis de la virtud necesaria para que pueda perfeccionar esta obra que deseo ejecutar y llevar a buen término.

Después tomarás una espada con la mano izquierda, presentándola sucesivamente a los cuatro puntos cardinales, o sea al Oriente, Poniente, Mediodía y Norte, y se dirá a la vez:

Ya es llegada la hora de que este experimento se termine, nada hay que me ligue a la tierra; solo me falta que vosotros, espíritus invocados en este supremo instante, me adornéis de las alas impalpables y potentes para poder navegar a vuestro lado, Jot, Jot, Jot, ordena a los espíritus que cumplan mi deseo.

> Extenderás las manos al aire, cerrarás los ojos, concentrando todo tu espíritu en el vuelo que en breve podrás notar perfectamente que estás ejecutando. Durante el viaje cuidarás de no abrir los ojos, pues si olvidaras ese detalle caerías irremisiblemente desde la altura, donde estuvieres, seguramente sería el último instante de tu vida. Cuando quieras que termine esta experiencia dirás: "Cese ya mi viaje y reposen mis pies de nuevo en el mismo punto de donde he salido".

A pesar de que existen copias medievales del libro, la mayoría de historiadores cuestionan que haya sido escrito por Cipriano, quien después de su conversión se ordenó sacerdote, y llegó a convertirse en obispo, mientras que Justina se internó en un convento y fue objeto de veneración por parte de los cristianos, lo que incomodó a las autoridades de Roma,, que habían decretado el exterminio de todos los seguidores de Cristo.

Fueron capturados y llevados hasta la ciudad de Damasco por órdenes del emperador Diocleciano; allí los torturaron para que renegaran de su dios. Cosa que no sucedió, y en la ciudad de Nicomedia fueron decapitados a orillas del río Galo. Sus cuerpos quedaron sin enterrar durante seis días, hasta que fueron rescatados por cristianos que los condujeron hasta Roma, donde supuestamente reposan entre las catacumbas de la basílica de Constantino. En la actualidad, la Iglesia ortodoxa sigue reconociendo a Cipriano y Justina como santos, mientras que la Iglesia católica los considera íconos paganos y ha eliminado sus nombres del calendario *Martirologio romano*, que es el libro que contiene los nombres de los santos oficialmente reconocidos.

Asimismo, se prohibió celebrar su día, el 26 de septiembre, pues era común que lo usaran en sectas y congregaciones ocultistas para iniciar a sus devotos en las artes oscuras. A pesar de ello, millones de personas siguen creyendo en él, por lo que realizan sus hechizos, convencidas de que pueden aplicar los encantamientos que contiene el libro.

YEHUDA LÖW BEN BEZALEL

Dentro de las tradiciones judías existe un nombre que se ha mantenido por siglos como el de un poderoso rabino capaz de dar vida a lo imposible, que vivió en la ciudad de Praga entre 1526 y 1609, y fue considerado un experto en matemáticas y conocedor de la cábala, al que se le recuerda como Yehuda Löw ben Bezalel.

La cábala (קַבָּלָה) es un intricado sistema de pensamiento ligado al esoterismo que analiza los mensajes ocultos que se cree contiene la Torá, el libro sagrado de los judíos, que también es conocido como Pentateuco, y del que hacen parte los cinco primeros libros de la Biblia.

Este tipo de estudio de las escrituras sagradas con fines espirituales surgió durante el siglo XII, entre la península ibérica y Francia, trasladándose luego hasta Palestina, en donde los sabios hebreos descubrieron y aplicaron los secretos de su magia durante los siglos XII y XIII.

Fue una edad de oro para la magia religiosa que coincidió con el renacimiento del conocimiento místico entre las comunidades judías, que vieron en algunos de sus líderes magos poderosos como Abraham Abulafia y Simeón Ben Yochai, quien escribió en el siglo II el *Zóhar* o *Libro del esplendor,* que estuvo oculto durante novecientos años, pues era considerado un grimorio o libro maldito por la mayoría de gobiernos cristianos.

El *Zóhar* se divide en varios tratados y contiene un análisis matemático y semántico de textos bíblicos, que revelan una serie de significados ocultos, entre los que se incluye la estructura del universo, que estaría dividido en dos regiones: el imperio de la luz y el reino de las tinieblas, que a su vez estarían compuestos de diez esferas espirituales.

Este tipo de conocimiento presupone la posibilidad de que los individuos puedan manipular la existencia mediante el descubrimiento de los designios divinos que se encuentran atrapados en los textos revelados a profetas como Abraham y Moisés.

En esencia, la cábala traduce *recibir*, y significa la búsqueda de la iluminación, para quienes la practican y son denominados cabalistas, que teóricamente pueden llegar a un nivel espiritual avanzado en el que aprenden el lenguaje de Dios, logrando transformar la realidad para insuflar vida a elementos materiales consiguiendo crear otros mundos y otras realidades.

Para los cabalistas, el nombre de Dios es la palabra más poderosa del cosmos y está formada por las letras que componen el alfabeto; se presenta bajo múltiples formas, incluyendo las que pronunció para crear el universo.

La idea de que el cabalista es capaz de modificar el mundo y animar objetos o cosas es la que volvió famoso a Yehuda Löw ben Bezalel, quien vivió en una época en la que las persecuciones contra los judíos arreciaban en Europa.

Eran tiempos difíciles para Löw, que residía en Praga y era apodado "Maharal" por su comunidad, que había sido obligada a concentrarse en el gueto de Josefov, un barrio ubicado en el centro de la ciudad y que empezó a ser atacado por fanáticos cristianos que los acusaban de secuestrar y desangrar niños para elaborar pan.

Alarmado por la situación, el poderoso rabino tomó una gran cantidad de arcilla del río Moldava, dándole forma de ser humano, y pronunció una serie de palabras inspiradas en la cábala, después de lo cual le insufló vida al introducirle una tira de pergamino en la boca, con una inscripción en hebreo que contenía uno de los nombres de Dios.

Luego se le acercó y grabó la palabra *emet* en su frente, que significa *verdad* en lengua hebrea, y con ella dominó a la cosa, convirtiéndola en una especie de criatura servil y poderosa denominada el "golem".

El golem es un ser obediente que no posee alma, por lo que es falto de inteligencia, y es utilizado para tareas defensivas o para labores domésticas como acarrear el agua, cortar leña, barrer el suelo o cuidar los animales.

Aunque el golem de Löw es el más conocido, la literatura medieval nos presenta docenas de historias sobre rabinos que tenían el poder de conjurar este tipo de criaturas mágicas en momentos de crisis.

En principio el golem fue práctico, pues espantó a los acosadores y mejoró la vida de los habitantes de Josefov, limpiando el barrio y desterrando al crimen de sus calles. Sin embargo, no hay nada perfecto en la vida y la criatura se salió de control, pues al cabalista se le olvidó desactivarlo el sábado, que está consagrado al descanso según las tradiciones judaicas.

Debido a esta impertinencia, el autómata cambió su comportamiento y se transformó en un monstruo que destruyó y mató a docenas de animales y personas, llevándose por delante las casas de muchos de los habitantes del gueto, quienes le imploraron al rabino que los ayudara.

Entonces, el Maharal se acercó a la estatua viviente y borró la primera letra de la palabra *emet* que tenía en la frente; de este modo quedó el vocablo *met*, que significa muerte, por lo que el golem dejó de moverse y se transformó en una masa de barro que trasladó hasta la sinagoga de Staronová, en la que todavía está encerrado.

Esta creencia ha sido tan importante para el pueblo judío que cuando las tropas de la Alemania nazi invadieron la ciudad en marzo de 1938, cientos de ellos estaban seguros de que el golem reviviría para defenderlos.

No obstante, esta historia llevada al cine y la literatura nos muestra la preponderancia que tienen las creencias mágicas en las distintas culturas, en las cuales sacerdotes como san Cipriano o Löw ben Bezalel hacen el papel de magos protectores de sus pueblos, aunque sus invenciones resulten imperfectas y causen desastres colosales, como si quisieran recordarles a sus creadores que son obras de los hombres y no de los dioses.

La cábala y la gematría

La gematría es uno de los tres sistemas que se utiliza en la cábala para descubrir el significado místico de las palabras usando las letras del alfabeto hebreo. En este sistema, cada valor que contienen las letras de una palabra se suma y se relacionan con otras palabras que presentan valores numéricos similares.

Este tipo de análisis adivinatorio fue desarrollado por los magos y adivinos de la Corte del rey Sargón II, quien gobernó Babilonia durante el siglo VIII a. C. y que utilizaba esta técnica para predecir el resultado de sus acciones militares.

Numeración propuesta para nuestro alfabeto desde el punto de vista de la gematría:

A	J	S	1
B	K	T	2
C	L	U	3
D	M	V	4
E	N	W	5
F	O	X	6
G	P	Y	7
H	Q	Z	8
I	R	.	9

ABRAMELÍN EL MAGO

Cuenta la historia que el sabio Abraham de Worms, que vivió entre 1362 y 1458, viajó desde Alemania hasta Egipto, donde tropezó con una montaña cubierta de hierba y árboles en medio del desierto, que poseía una casa en lo más alto, hasta donde subió y se encontró con un anciano que afirmaba ser un poderoso mago que había logrado conseguir el control total de la cábala.

Con el pasar de los días, Abraham logró que el extraño que afirmaba llamarse Abramelín (Abra-Melin) le dijera sus secretos, con la condición de que renunciara a sus falsos dogmas y aceptara los conocimientos que le revelaría, luego de lo cual le entregó dos manuscritos y le ordenó que repartiera diez florines entre setenta y dos pobres de la ciudad de Arachi, en donde había nacido.

Al retornar a Europa, De Worms dedicó su tiempo a estudiar los textos y logró descifrar algunos de los contenidos ocultos de la Biblia y el Talmud, convirtiéndose en un mago de gran fama y consiguiendo entrevistarse con el rey Enrique VI de Inglaterra, y los papas Benedicto XIII y Gregorio XII, a los que supuestamente demostró sus poderes materializando objetos e invocando entidades angelicales entre los salones del Vaticano.

Antes de morir, Abraham les entregó a sus hijos dos manuscritos con la orden de que los mantuvieran ocultos de las personas malas y los cuidasen como su vida misma; a José, el mayor, le proporcionó un papiro denominado *Los secretos de la cábala*, y a Lamech, el más pequeño, uno titulado *Conversación con el santo Ángel Guardián*.

Con el pasar de los años, los textos se fusionaron en un volumen que pasó a ser conocido como *El libro de Abramelín el mago*, considerado como uno de los grimorios más importantes de la época medieval.

El texto expone dos aspectos básicos. El primero hace alusión al significado de las palabras del Antiguo Testamento, y el segundo, al vínculo que todos los humanos supuestamente tenemos con un ser espiritual denominado ángel de la guarda.

Sin embargo, el libro es célebre por contener un elaborado y dificultoso ritual de dieciocho meses, en el que se debe orar todos los días, antes del amanecer y después de la puesta del sol, absteniéndose de mantener relaciones sexuales o tomar bebidas embriagantes, para comunicarse con el ángel guardián, que aparecerá revelando sus secretos y concediendo el poder para invocar a los doce reyes y duques de la corte infernal, con el fin de convertirlos en sirvientes para aumentar el poder de los encantamientos que después se realicen.

Desde el punto de vista histórico, *El libro de Abramelín el mago* fue uno de los textos místicos más importantes de Europa y demuestra la difusión que tenían este tipo de creencias y hechicerías en un mundo estrechamente controlado por la Iglesia, que consideraba herejes a quienes lo poseían.

Según varios filólogos, el manuscrito más antiguo del libro se encuentra en París, aunque se especula que el original estaba conformado por siete volúmenes escritos en hebreo y que fueron traducidos al alemán alrededor de 1608. Igualmente, existen otros dos ejemplares en la biblioteca de la ciudad de Dresde, Alemania, que están registrados con las fechas de 1700 y 1750, y que están escritos en alemán, además de una copia redactada en italiano, que data de 1740 y se encuentra en la biblioteca de la Universidad de Oxford.

Esta gran cantidad de evidencias históricas apuntan a que su contenido era muy apreciado por quienes practicaban la brujería y la necromancia, que buscaban en sus textos los procedimientos que les permitieran enriquecerse y manipular los sentimientos de las personas.

Este libro y otros grimorios sirvieron para que los magos de los siglos XIX y XX sustentaran sus planteamientos filosóficos en algunos de sus contenidos. Personajes que vivieron en medio de escándalos y que revivieron las artes oscuras en tiempos en que la tecnología empezó a dominar el mundo, convirtiendo sus enseñanzas en leyendas modernas que espantaron a los más conservadores y que estudiaremos a continuación.

FILÓSOFOS Y MAGOS OCULTISTAS

A diferencia de los personajes de leyenda que analizamos con anterioridad, existieron otros que pasaron a la historia por sus teorías filosóficas, las cuales combinaron la magia con la matemática, por lo que fueron rechazados por los conservadores de su época, quienes satanizaron y quemaron sus libros, libros que todavía se encuentran prohibidos por algunas iglesias fundamentalistas.

Igualmente, muchas de sus enseñanzas derivaron en la creación de grupos de seguidores, que formaron sociedades secretas o hermandades ocultistas que continúan existiendo hasta nuestros días y han sido relacionadas con complots y conspiraciones de escala global.

Es por ello que hemos decidido agrupar a estos sujetos en una categoría diferente, pues la mayoría cumplen con una serie de características que los hacen similares, ya que tuvieron la fortuna de nacer en familias adineradas, gracias a lo cual pudieron viajar alrededor del mundo, asimilando diferentes corrientes culturales que les permitieron adelantarse a sus contemporáneos en temas como el uso de drogas alucinógenas y la diversidad sexual.

CORNELIUS AGRIPPA

Enrique Cornelio Agrippa de Nettesheim fue un médico y filósofo conocido por ser uno de los más importantes ocultistas de todos los tiempos y autor de numerosos tratados de magia; fue perseguido por la Iglesia católica, que presionó su arresto y tortura en varias oportunidades.

Nacido en Colonia (Alemania) el 14 de septiembre de 1486, fue un niño inteligente que aprovechó los beneficios de haber crecido en el seno una familia adinerada, que se preocupaba por mantener una gran biblioteca y que lo instaba a viajar por el mundo para adquirir nuevos conocimientos.

Al convertirse en adulto, ingresó a la Universidad de Dole, en el territorio independiente de Borgoña, en donde comenzó a leer las obras de Johann Reuchlin, un sacerdote alemán que promovía el uso de la cábala como una herramienta de adivinación para los cristianos y que había sido acusado de herejía por difundir ideas relacionadas con el judaísmo entre la comunidad católica, lo que era considerado un delito en su tiempo.

Por esa misma época, Agrippa entró en contacto con un grimorio titulado *Esteganografía,* que había sido escrito por el abad Juan de Heidenberg, que se hacía llamar Trithemius, quien defendía la idea de que vivimos rodeados de una gran cantidad de seres espirituales que pueden ser invocados mediante rituales o hechizos.

Igualmente, Trithemius creía que el tiempo es circular, por lo que cada suceso está condenado a repetirse una y otra vez; significaría que el destino de todos nosotros se encuentra prescrito, dándonos la posibilidad de conocerlo y modificarlo mediante la práctica de la magia.

Para entender de mejor manera el concepto anterior, es como si nuestra vida se moviera en círculos, obligándonos a leer esta misma página una y otra vez, en momentos diferentes, lo cual podríamos modificar a través de rituales que alterarían el orden de la naturaleza. Lo que nos hace recordar la tradición hindú y a los seguidores de la reencarnación.

Pero a diferencia de quienes se someten a regresiones para recordar vidas pasadas, las lecturas de Cornelio trajeron problemas, pues habían sido prohibidas por la Inquisición, que había declarado que sus páginas estaban cargadas de energías oscuras y blasfemias.

Estos conocimientos le sirvieron para desarrollar su propia teoría acerca del cosmos, que lo llevaría a transformarse en el filósofo más referenciado y consultado por los amantes del misterio.

Para Agrippa, existe una realidad invisible que puede ser modificada utilizando tres clases de magia: la magia elemental, la magia celestial y la magia ceremonial, las cuales conjugan elementos de las ciencias ocultas como la invocación de ángeles, la astrología, la cábala, y la alquimia.

A partir de estos postulados escribió *La filosofía oculta*, su obra más importante, dividida en tres volúmenes, cuya idea fundamental es que el planeta es una unidad orgánica en la que todo está conectado gracias a un espíritu universal, que está acompañado de entidades intermedias con las cuales podemos comunicarnos para controlar nuestro entorno a través de preparaciones mágicas, oraciones y símbolos, sin necesidad de recurrir a la tecnología.

Estos poderes se pueden obtener mediante el estudio de los astros y la fabricación de talismanes, colirios, filtros, ungüentos y anillos mágicos, que modifican el destino del portador, sirviéndole de protección y ahuyentando las presencias negativas.

En resumidas cuentas, sus libros son una combinación de filosofía y magia que incluyen hechizos prodigiosos, que describen la posibilidad de detener tempestades o de reanimar a los muertos. Debido a este tipo de contenidos, su obra se volvió tremendamente popular, traduciéndose a media docena de lenguas que la propagaron por toda Europa, donde sus seguidores formaron cofradías de hechiceros que lo veneraban como a un gran mago de luz, lo que escandalizó a docenas de fanáticos cristianos que presionaron para que la Inquisición lo persiguiese.

Ante las quejas, los miembros de la orden dominicana estudiaron sus textos y dictaminaron que contenían una gran cantidad de blasfemias, como que Dios había hecho al mundo a partir de un solo número, que podía ser conocido y usado por los hombres para cambiar su destino, ejecutando una serie de conjuros que los llevarían hacia la luz, entendiendo por esta al conocimiento.

Fue capturado en Bruselas acusado de brujería; tuvo que asilarse en Italia y se enfermó debido a sus precarias condiciones; retornó a Lyon, a donde llegó moribundo.

Al ver su situación, un grupo de amigos lo ayudaron a establecerse en la ciudad de Grenoble, en donde falleció el 18 de febrero de 1535, dejando tras de sí un sinnúmero de leyendas populares, como que estaba acompañado todo el tiempo de un perro negro, que se llamaba Monsieur y que era una especie de demonio, que desapareció inexplicablemente luego de su muerte. También fue popular la leyenda de que un joven aprendiz fue a su estudio sin permiso y leyó un libro que tenía sobre su escritorio, haciendo que se manifestara un demonio que lo asesinó de forma brutal. Al regresar, Cornelius encontró el cadáver y la entidad, a la que regresó al infierno antes de reanimar al muchacho, al que expulsó para siempre de su casa.

Igualmente, algunos amantes de la conspiración piensan que sus escritos, que fueron publicados doscientos años después de la caída de los templarios, contienen la clave para descifrar sus antiguos cultos "satánicos", lo que resulta bastante ridículo.

Asimismo, escritores y directores de cine han utilizado su imagen para dar fuerza a los argumentos de películas como *Harry Potter* que están inspiradas en la obra literaria de J. K. Rowling, o en algunas de las adaptaciones de la novela *Frankenstein* de Mary She-

Cornelius Agrippa, 1524.

lley, en las cuales se cita su nombre como referente de poder y sabiduría.

Todavía existen personas que piensan que entre las páginas de sus libros se encuentra la clave para revivir a los muertos.

Finalmente, debemos resaltar que Cornelius Agrippa fue un humanista que creía que la práctica de la magia se basaba en el poder de la voluntad y que la naturaleza poseía una lógica que podía ser observada y entendida por medio del conocimiento y la matemática, que eran el único camino para encontrar la iluminación.

ALEISTER CROWLEY

Si existe una persona que pueda conjugar las propiedades de un mago en los dos últimos siglos es Edward Alexander Crowley, quien nació en Warwickshire, Inglaterra, el 12 de octubre de 1875. Único hijo de un cervecero acaudalado, llamado Edward Crowley, quien murió al poco tiempo que falleció su madre, cuando solo contaba once años.

Tal vez por ello exhibió un carácter inquieto durante sus primeros años, en los cuales fue adoptado por dos tías solteras que pertenecían a un culto evangélico fundamentalista denominado Los Hermanos de Plymouth, al que lo obligaban a asistir, creando en él una fascinación por las prédicas en las que se hablaba del poder de Dios, los ángeles y los demonios.

En 1892, Crowley fue matriculado en una escuela en la vecina ciudad de Malvern, de donde fue expulsado por participar en actos homosexuales, lo que representó un gran escándalo social en su momento. Aun así, sus tías consiguieron que lo aceptaran en una pequeña escuela de la villa de Tonbridge, en donde supuestamente contrajo varias enfermedades venéreas como la gonorrea, debido a sus continuas relaciones con prostitutas.

Fue durante esta época que cambió su nombre por el de Aleister (la versión gaélica de Alexander) y comenzó a escribir versos y poemas eróticos, que distribuía entre sus compañeros, que empezaron a llamarlo La bestia.

A pesar de estos comportamientos, concluyó el bachillerato como uno de los mejores alumnos de la región, por lo cual fue admitido en la Universidad de Cambridge, de la cual se retiró al recibir la totalidad del dinero de su padre, al cumplir los veintiún años, iniciando una serie de viajes y proyectos que nunca terminarían.

En 1898, Aleister se unió a la Orden hermética de la aurora dorada, una hermandad ocultista dedicada al espiritismo y la magia blanca, donde impresionó a sus miembros por su capacidad de oratoria y su carácter altivo.

A partir de ese momento, se mudó a Londres, en donde compartió un apartamento con uno de los miembros más reconocidos del grupo, llamado Allan Bennett, quien rechazaba la actitud libertina de Aleister, que se había declarado bisexual e incitaba a los miembros del grupo a participar en orgías.

Aunque esa no era la principal queja de Bennett, quien lo acusó de ejecutar rituales para invocar seres sobrenaturales, haciendo que se manifestaran ruidos extraños en la vivienda y actividad de tipo poltergeist, que amenazaban con enloquecerlo.

Debido a estas quejas y a conflictos internos, Crowley dejó la Aurora dorada luego de una fuerte discusión con uno de sus fundadores, quien lo acusó de querer controlar la organización para su propio beneficio.

Decepcionado y deprimido, se mudó a una casa en las orillas del lago Ness en Escocia en 1900, en donde se obsesionó con la hechicería, devorando docenas de manuscritos como el *Libro de san Cipriano* y los textos de Abramelín el mago, que mencionamos páginas atrás. Fue allí donde conoció y se casó con una mujer llamada Rose Kelly, con quien tuvo dos hijas, y se dedicaron a recorrer el mundo.

Su objetivo era obtener conocimiento y erudición en el campo de las ciencias ocultas; recorrió Egipto e hizo parte de una expedición al Himalaya en 1905, en la cual varios de sus compañeros murieron congelados y accidentados de forma misteriosa.

Fue por esos tiempos que Crowley aseguró haber recibido un mensaje del dios egipcio Horus por medio de una entidad espiritual denominada Aiwaz, quien le había dictado las palabras de un libro denominado *Liber AL vel Legis* o *Libro de la ley*.

Según sus propias memorias, el *Libro de la ley* le fue revelado en El Cairo entre los días 8, 9 y 10 de abril de 1904, a las 12:00 y las 13:00 horas, a un ritmo de un capítulo por día, hasta completar la totalidad del documento que está compuesto por tres partes. Usando este documento, en 1907 Aleister fundó una sociedad esotérica conocida como *Astrum Argentum* (estrella de plata), que funcionaba de manera similar a varios grupos masónicos, con once grados jerárquicos y tres órdenes iniciáticas.

A pesar de que su organización ganaba adeptos, su vida personal se sumió en el caos, pues una de sus hijas falleció a causa del tifus y su esposa lo abandonó. Se unió a otra hermandad denominada *Ordo Templi Orientis* O.T.O (Orden de los templarios orientales), en donde supuestamente comenzó a dirigir rituales sexuales, suscitando discusiones y polémicas entre sus miembros más conservadores.

Cabe anotar que estas organizaciones poseían una gran cantidad de simbologías inspiradas en las antiguas tradiciones de los magos míticos que exploramos al comienzo de este capítulo, y que se traducían en talismanes, anillos y vestimentas, elementos que Aleister utilizó para crear una de las tradiciones de magia más poderosas de los tiempos modernos que llamó Thelema, la cual fundó en una vieja abadía junto con el ocultista Leah Hirsig en Cefalú (Sicilia) en 1920, y que él mismo describió como un "antimonasterio", donde cada uno de sus habitantes podía hacer lo que quisiera.

La Abadía de Thelema fue una comunidad utópica en la que se promulgaba el sexo libre y en la cual se enseñaba la magia bajo la forma de un sistema educativo, que él mismo llamó *Collegium ad Spiritum Sanctum* (Universidad y Espíritu Santo).

En sus pasillos se promulgaba la oración, la invocación de ángeles, la práctica del yoga, los rituales mágicos y el trabajo doméstico en general. El objetivo de Crowley era que sus estudiantes se dedicaran a descubrir y manifestar su verdadera voluntad, por lo cual los invitaba a cumplir con diversos rituales como levantarse todos los días a la madrugada y adorar al Sol durante el amanecer.

Con el tiempo, Thelema fue un éxito, llegando a convertirse en un centro mundial de devoción, que recibía a cientos de personas que buscaban las enseñanzas del gran mago supremo, a cambio de una buena suma de dinero, lo que llamó la atención de la prensa y los gobiernos del mundo que enfocaron su atención en el movimiento.

Grupos conservadores y racionalistas los acusaron de realizar orgías, sacrificios masivos de animales y asesinatos ceremoniales, así como de practicar la magia negra. Señalamientos que solo aumentaron su fama alrededor del mundo.

No obstante, la más grande controversia llegó en 1920 cuando uno de sus seguidores, llamado Raoul Loveday, falleció de forma extraña, y su esposa acusó a Crowley de haberlo envenenado al hacerle beber la sangre de un gato durante una ceremonia; el Gobierno italiano invadió el lugar y dejó a sus alumnos en la calle y sin dónde practicar el amor libre.

Ante la persecución, Aliester se mantuvo en la clandestinidad, dedicado a escribir una gran cantidad de textos que se convirtieron en libros de culto y que todavía son prohibidos por algunas iglesias que los consideran textos satánicos.

Crowley fue uno de los pioneros en proponer el uso espiritual de una gran cantidad de drogas como la cocaína y la marihuana, sobre las cuales escribió una serie de artículos y ensayos que lo harían reconocido dentro del campo de la psicología. A pesar de ello sus experimentos le cobraron factura, pues pasó sus últimos años atrapado por su adicción a la heroína, adicción en la que gastó casi todo su dinero, muriendo prácticamente en la ruina, el 1 de diciembre de 1947.

Se dice que sus últimas palabras fueron "a veces me odio a mí mismo", aunque algunos testigos afirmaron que dijo "estoy perplejo", mientras agonizaba por una bronquitis crónica que se agravó debido a sus problemas cardiacos.

Al final, el cuerpo de la Gran Bestia fue incinerado y sus cenizas fueron entregadas a sus seguidores más fieles, quienes las utilizaron para hacer rituales mágicos.

Lo cierto es que los postulados filosóficos propuestos por Aleister representan un adelanto para su época, pues sus ideas acerca del amor, el sexo y el uso de drogas como una vía hacia el autoconocimiento son similares a las que promulgaría algunas décadas más adelante el movimiento hippie.

Tal vez por ello, una infinidad de grupos musicales han utilizado su imagen en sus instrumentos, camisetas y portadas. Como Jim Morrison de The Doors, Jimmy Page de Led Zeppelin o los Beatles, que incluyeron una fotografía suya en la carátula de su álbum *Sgt. Pepper's Lonely Hearts Club Band* de 1967.

Actualmente, la filosofía mágica Thelema (voluntad, en griego) posee una gran cantidad de seguidores alrededor del planeta, que se esmeran en cumplir el principal mandamiento que les dejó Crowley: "Hacer lo que desees será la ley".

ANTON SZANDOR LAVEY, LA BIBLIA SATÁNICA

Deberías actuar según tus instintos naturales,
y si no puedes actuar sin sentirte culpable,
goza de tu culpa.

Howard Stanton Levey, nacido el 11 de abril de 1930 en Chicago, Illinois, fundó la Iglesia de Satán y se autoproclamó el Papa Negro, causando un gran impacto en la sociedad norteamericana durante los años sesenta, cuando empezó a ser conocido con el nombre de Anton Szandor LaVey.

LaVey fue el hijo más apreciado de una pareja de inmigrantes rusos que se esforzaron para que creciera en un entorno apropiado, mientras que su abuela Cecile Primokov, de origen ucraniano, ayudó a educarlo, contándole innumerables historias acerca de brujos y criaturas demoníacas que lo acercaron al ocultismo desde sus primeros años.

A pesar de que era considerado como un ser estrambótico y testarudo por sus compañeros del colegio, sus profesores creían que tenía talento, por lo cual lo estimularon para que aprendiera música, arte dramático y literatura; leyó docenas de libros y novelas que fueron moldeando su personalidad, atiborrándolo de inquietudes filosóficas que terminarían en sus ideales satánicos. No obstante su éxito en la academia, se obsesionó con la fama y el poder que poseían los grandes medios de comunicación. Dejó de estudiar e intentó convertirse en ilusionista, aprendiendo la teatralidad y el histrionismo que utilizaría años más tarde, durante la celebración de sus misas negras.

Al darse cuenta de que llegar a ser una estrella era difícil, se desempeñó como domador de circo y pianista en varios clubes, en donde llegó a conocer a varios de sus escritores de ciencia ficción favoritos, con quienes entabló largos debates sobre la obra de Edgar Allan Poe y Howard Phillips Lovecraft.

En 1950, LaVey conoció a Carole Lansing, una joven atractiva y desorientada que se obsesionó con él y con la que se casó; con ella tuvo su primera hija que registró con el nombre de Karla LaVey, en 1952.

Sin embargo, el amor no fue duradero y la mujer lo abandonó en 1960. Luego de soportar una década llena de excesos, LaVey se refugió en una chica rubia, extremadamente atractiva y doce años menor, llamada Diane Hegarty. Se fueron a vivir y concibió a su segunda hija, Zeena Galatea Schreck.

Por esa misma época, Anton empezó a trabajar como fotógrafo en la Policía y convenció a sus superiores de que tenía poderes psíquicos; le dieron permiso para intentar resolver una pequeña cantidad de casos que lo hicieron famoso entre los fanáticos de los temas paranormales.

Usando su creciente reconocimiento, empezó a realizar banquetes y fiestas, en las que se mezclaba el alcohol con discusiones filosóficas, donde surgirían los fundamentos de la Iglesia de Satán.

Debido al éxito de sus reuniones, comenzó a organizar conferencias los viernes en la noche tratando temas como la superación personal, la libertad y la magia negra. Se vestía con sotanas rojas, capas brillantes y gorros provistos de cuernos de terciopelo.

Con el pasar de los días, llegaron nuevas personas que lo siguieron ciegamente y le entregaban su dinero, el cual utilizó para establecer una nueva religión, que fundó el 30 de abril de 1966, cuando declaró la creación de la Iglesia de Satanás, proclamando a 1966 como su Año uno o *Anno Satanas*.

Pero a pesar de que nos parezcan originales, las doctrinas y propuestas de la Iglesia de Satanás son similares a muchas de las ideologías que se han esparcido por el planeta desde la Antigüedad, cuando diversos pueblos interpretaron que los ángeles caídos eran enviados divinos o amigos de la humanidad, por lo que empezaron a rendirles culto.

Ideologías que no debemos confundir con el luciferismo, que gira en torno a la figura del dios romano Lucifer, que es considerado un ser de luz y no es el mismo Satanás, aunque mantiene similitudes con él, en cuanto a su representación y cosmogonía. Y aunque en la actualidad nos parezca que este tipo de cultos solo son desarrollados por sectas o individuos estrambóticos, existen millones de personas que se agrupan alrededor de ideas similares, como los seguidores del yazidismo, que es una de las religiones más populares del Kurdistán y que está fundamentada en la idea de que un ángel llamado Melek Taus se rebeló contra Dios para entregarle el conocimiento al hombre, fue perdonado por su atrevimiento y nombrado jefe de los ejércitos del cielo.

En la actualidad se calcula que existen alrededor de ochocientos mil yazidis, que han tenido que huir de la persecución del Estado Islámico y otros grupos extremistas que los consideran ayudantes del demonio por adorar la imagen de un pavo real, que representa al gran ángel Melek.

Y aunque no sabemos si LaVey conocía de estos cultos luciferinos, podemos afirmar que la doctrina que desarrolló está basada en la idea de que Satán es una figura simbólica que encarna la rebelión y la libertad, conceptos que utilizó para seducir a sus seguidores.

Es por ello que promulgó la libertad sexual, por lo que se tomó una serie de fotografías con sus seguidoras más jóvenes, a las que obligó a desnudarse para que posaran ante él como si estuvieran alabándolo, las cuales se propagaron como pólvora en las páginas de los principales diarios de los Estados Unidos.

Con el tiempo, la Iglesia de Satanás se alejó del ocultismo tradicional para promulgar un pensamiento más pragmático, similar al humanismo y el liberalismo clásico, e incluso llegó a negar la existencia espiritual de Satanás y de Dios, así como de todas las religiones, centrándose en la necesidad de redimir al ser humano de todo culto y represión, como él mismo anunció en su texto *The Satanic Bible*, de 1969:

La Iglesia de Satán aborrece toda forma de hipocresía y conformismo. Consideramos que la felicidad real puede ser conseguida no a partir de la abstinencia y la culpa, sino a partir del desarrollo personal, el egoísmo y la satisfacción de nuestros impulsos. Rechazamos la aceptación de la costumbre, la tradición o la fuerza de una autoridad como criterios de verdad. Somos ateos. Concebimos la vida en el aquí y ahora. No reverenciamos a ninguna divinidad, ni creemos en la existencia de seres o hechos sobrenaturales.

Este tipo de afirmaciones lo convirtieron en una celebridad, por lo que adornó su templo como si fuera un set de televisión y contrató a un representante artístico y a un abogado para que manejaran su carrera como si fuese una estrella de cine.

Gracias a estos movimientos, empezó a ser buscado por diferentes empresas para que promocionara sus productos, como la editorial Avon Books, que le solicitó que escribiera un libro sobre temas satánicos para aprovechar el boom de textos con temas paranormales que experimentaba el mercado estadounidense a finales de los años sesenta.

Sin embargo, LaVey era perezoso, y como le costaba escribir con originalidad, recurrió al plagio, por lo que tomó sus ideas de un viejo tratado llamado *La fuerza es el derecho*, redactado por el ocultista Ragnar Redbeard en 1896, y algunos pasajes de los primeros dos volúmenes de la serie *Equinox,* de Aleister Crowley, los cuales utilizó para dar forma a su libro más polémico y trascendental: *The Satanic Bible* o *La Biblia satánica*, publicado en 1969.

Contrario a lo que muchos pueden creer, *La Biblia satánica* dista mucho de ser un documento místico que describa a los ángeles del infierno o que contenga una versión alternativa de los evangelios cristianos, ya que su contenido está relacionado con la búsqueda de la individualidad y el autoconocimiento, como él mismo propone en sus mandamientos:

Satán representa todos los llamados pecados, mientras lleven a la gratificación física, mental o emocional. Satán representa la venganza, en lugar de ofrecer la otra mejilla. La regla del satanismo es: "si funciona para ti, grandioso". Cuando deja de hacerlo, cuando te has arrinconado y la única manera de salir, es decir, lo siento, cometí un error, desearía que pudiéramos arreglarlo de alguna forma, entonces hazlo.

El texto está lleno de incoherencias y contradicciones, carece de rituales, hechizos de magia o clasificaciones demonológicas y está redactado como si fuera un tratado de superación personal, como puede verse en este pequeño aparte:

> Para ser un brujo de éxito, un hombre debe saber ubicarse en la categoría adecuada. Un hombre apuesto o sexualmente atractivo encajaría, naturalmente, en la primera categoría, "sexo". La segunda, o de "sentimiento", se ajusta más al hombre mayor que tiene una apariencia élfica, o de hechicero; el tierno abuelito también cabe en esta categoría (los llamados "viejos verdes" también van aquí). El tercer tipo es aquel que tiene apariencia "diabólica" o "siniestra". Así que cada ser humano debe dominar su apariencia para conseguir los fines que se propone.

Aun así, el texto fue un éxito en ventas e hizo al Papa Negro un personaje influyente en la cultura popular. Lo visitaron actores y músicos, muchos de los cuales ingresaron a su iglesia como miembros honorarios. Sin embargo, la vida personal de LaVey distaba mucho de la imagen que proyectaba al público, pues maltrataba continuamente a su familia; en un reporte policial de 1984 se describe cómo casi estrangula a su esposa. Su hija Karla logró quitárselo de encima y arrastrarla afuera de la casa, en donde los vecinos le salvaron la vida.

También existen algunos testimonios de mujeres que fueron inducidas a tener relaciones sexuales con desconocidos que pagaban por sus servicios como una forma de prostitución que denominaba "consejería satánica". Y fue multado por poner en riesgo la vida de su hija Zeena, al informarle a un enfermo mental, que estaba obsesionado con ella, la dirección de su residencia.

Contrario a lo que muchos podrían pensar, sus últimos años fueron caóticos; viviendo al borde de la pobreza por las distintas demandas que cayeron en su contra. Al mismo tiempo, su liderazgo comenzó a desvanecerse y su iglesia a dispersarse en diferentes grupos que fueron emergiendo desde su interior, como el "Templo de Set" y la "Iglesia mundial de la liberación satánica", que opacaron su popularidad.

A mediados de 1997 quedaba muy poco del Papa Negro, que atemorizó a los pastores fundamentalistas cristianos de Estados Unidos durante casi dos décadas, pues ya casi nadie le prestaba atención, aparte de media docena de grupos de rock que lo buscaban para tomarse una fotografía con él, y lo encontraron notablemente disminuido pues le costaba respirar debido a los problemas pulmonares que padecía a causa de su adicción al tabaco.

Anton LaVey murió el 29 de octubre de 1997, en el hospital católico de Santa María, en San Francisco, a causa de una obstrucción pulmonar; un seguidor intentó adulterar el acta de defunción para que coincidiera con el día de Halloween. Conforme a su decisión, fue cremado y sus cenizas divididas entre sus herederos para que pudieran ser usadas en rituales satánicos por parte de sus hijos.

Como dato final, cabe anotar que existen algunas leyendas falsas acerca de LaVey, como que personificó al diablo en la película *El bebé de Rosemary* de Roman Polanski El actor Clay Tanner interpretó el papel.

Igualmente, algunas biografías lo presentan como amigo de Marilyn Monroe, lo cual ha sido desmentido insistentemente por el entorno de la actriz, a pesar de lo cual LaVey le dedicó *La Biblia satánica*, cuando ya estaba muerta.

Estos dos ejemplos nos muestran la personalidad manipuladora de LaVey, quien estaba obsesionado por la fama y el dinero, que al final obtuvo gracias al escándalo que causaron sus extrañas puestas en escena en medio de una sociedad que todavía era ampliamente conservadora y creía ver entre su figura calva y desgarbada al diablo.

Las once reglas de La Biblia satánica

1. No des tu opinión o consejo a menos que te sea pedido.

2. No cuentes tus problemas a otros a menos que estés seguro de que quieran oírlos.

3. Cuando estés en el hábitat de otra persona, muestra respeto o mejor no vayas allá.

4. Si un invitado en tu hogar se enfada, trátalo cruelmente y sin piedad.

5. No hagas avances sexuales a menos que te sea dada una señal de apareamiento.

6. No tomes lo que no te pertenece a menos que sea una carga para la otra persona y esté clamando por ser liberada.

7. Reconoce el poder de la magia si la has empleado exitosamente para obtener algo deseado. Si niegas el poder de la magia después de haber acudido a ella con éxito perderás todo lo conseguido.

8. No te preocupes por algo que no tenga que ver contigo.

9. No hieras niños pequeños.

10. No mates animales no humanos a menos que seas atacado, o para alimento.

11. Cuando estés en territorio abierto, no molestes a nadie. Si alguien te molesta, pídele que pare. Si no lo hace, destrúyelo.

ESTAFADORES Y BRUJOS ASESINOS

Así como existen historias legendarias sobre magos que se enfrentaron con dragones, y filósofos que unieron a las matemáticas con la hechicería, existen algunas personas que aprovecharon estas tradiciones para estafar y robar, alimentándose del dolor de los demás y haciéndole un daño profundo a la sociedad.

Se trata de asesinos y ladrones que utilizaron la ingenuidad y las creencias para aprovecharse de las debilidades de otros, con el fin de cumplir sus deseos más oscuros mediante la manipulación y la charlatanería.

Si bien algunos de ellos no pasan de estafar a sus víctimas mediante sus "dones adivinatorios", existen otros que llegan a niveles extremos de crueldad y violencia, cometiendo acciones mucho más horrendas que las que son adjudicadas a los personajes más espantosos de los mitos antiguos.

Es probable que muchos de estos sujetos sufran de psicopatía, un trastorno antisocial de la personalidad que produce en quienes lo padecen una imposibilidad de sentir remordimientos o empatía, lo que paradójicamente aumenta su capacidad de comunicarse, por lo que pueden expresarse con mayor fluidez, habilidad que utilizan para embaucar y engañar a sus víctimas.

Esta combinación de personas que buscan ayuda en la magia y psicópatas produce un coctel macabro, que termina por generar sectas, masacres, delitos sexuales y actos aterradores que son protagonizados por sujetos como los que exploraremos a continuación y a quienes hemos bautizado brujos asesinos.

ADOLFO DE JESÚS CONSTANZO, EL NARCOSATÁNICO

Adolfo de Jesús Constanzo fue un asesino y brujo mayombe que ejecutó una serie de crímenes por los que se le cataloga como un asesino en serie, a pesar de que la mayoría de las muertes estuvieron motivadas por los ritos y liturgias que desarrolló en compañía de sus seguidores.

Constanzo nació el 1 de noviembre de 1962 en Miami, Estados Unidos, y fue el primer hijo de Delia Aurora González del Valle, una mujer que huyó de la Revolución cubana y que tuvo otros dos hijos.

Al cumplir un año, su madre fue abandonada por el padre de Adolfo, por lo cual se trasladó hasta Puerto Rico, en donde se casó con un hombre mayor que ella, que poseía un importante capital y que le proporcionó a Adolfo la estabilidad suficiente para dedicarse a estudiar y visitar la iglesia donde fue bautizado como católico y sirvió como monaguillo, recibiendo algunos cursos religiosos en los que se obsesionó con la lectura de la Biblia. Años después su padrastro murió, dejando a la familia con poco dinero. No tuvieron más remedio que regresar a Miami en 1972 y ubicarse en uno de los distritos más peligrosos de la ciudad, en donde su madre se volvió a casar con un hombre que practicaba el ocultismo y estaba involucrado en el tráfico de drogas.

Escasos de dinero, los Constanzo se dedicaron a robar en supermercados y fueron arrestados en varias oportunidades por ocultar mercancías entre su ropa, que luego vendían en el mercado negro.

A medida que fue creciendo, Adolfo se convirtió en un chico guapo y promiscuo que mantuvo relaciones sexuales con docenas de hombres y mujeres mayores, dejando embarazada a una de ellas cuando tenía catorce años.

Aunque su rendimiento escolar era aceptable, su comportamiento desbordado llamó la atención de los profesores, que lo veían como un chico desequilibrado con un gran poder de liderazgo que malgastaba seduciendo chicas, leyendo libros de ocultismo e intentando estafar a sus compañeros de salón, razones por las cuales fue expulsado del bachillerato.

Gracias a sus lecturas y a que supuestamente predijo el intento de asesinato que sufrió el presidente Ronald Reagan en 1981, empezó a ganar fama como psíquico. Era buscado por una gran cantidad de inmigrantes latinoamericanos y pequeños delincuentes del centro de Miami que le pedían que les leyera las cartas.

Al darse cuenta de su éxito, su madre y los amigos de su padrastro lo iniciaron en la práctica del palo mayombe, un culto sincrético ligado con la magia, que tiene su origen en las creencias religiosas del reino del Congo que se mezclaron con el catolicismo, durante los tiempos coloniales en la isla de Cuba. Sus practicantes mayores o sacerdotes son llamados paleros, mayomberos o ganguleros, y basan sus creencias en la idea de que existe un equilibrio entre la vida y la muerte, por lo cual realizan un pacto con un *Nfumbe* (una entidad espiritual) que pasa a trabajar para ellos, permitiéndoles controlar las energías sobrenaturales que componen el universo mediante una serie de elementos mágico-religiosos.

En el interior de este culto existe una gran cantidad de seres espirituales como los *Mpúngos,* que son entidades poderosas que se equiparan con los santos católicos. Así como los Nkisi Misenga (espíritus del monte) o los Nkisi Marba (criaturas del agua), energías de la naturaleza con las cuales se puede llegar a entablar comunicación por medio de complejos rituales para buscar su protección y apoyo.

Por medio de una serie de conexiones psíquicas, los paleros logran los permisos necesarios para utilizar el "chamalongo", un sistema de adivinación donde se entonan oraciones y se canta una serie de palabras en español y lenguaje kikongo, mientras se manipulan cuatro cáscaras de coco para canalizar a los espíritus, que se convierten en una especie de oráculos.

Fueron este tipo de conocimientos los que hicieron conocido a Adolfo entre la comunidad de Miami. Ganó tanta fama que empezó a ser consultado por una gran cantidad de mexicanos, por lo cual decidió radicarse en México, en donde se declaró bisexual y reclutó a dos jóvenes llamados Martín Quintana Ramírez y Omar Orea Ochoa, convirtiéndolos en sus sirvientes y amantes. Al poco tiempo de llegar, se trasladó hasta la ciudad de Monterrey, donde logró posicionarse entre los miembros de la clase alta debido a su personalidad carismática y los poderes mágicos que se le atribuían. Llegó a cobrar ocho mil dólares por una consulta, dinero que utilizó para establecer una especie de secta en la cual comenzó a efectuar sacrificios de animales, usando luces de discoteca, signos religiosos y música electrónica.

Allí conoció a Sara Aldrete, una recién divorciada estudiante estadounidense de veinticuatro años. Se convirtió en su amante y parte de su organización, donde empezó a ser conocida como "La madrina", quien lo contactó con Serafín Hernández, uno de los primeros narcotraficantes mexicanos.

Por aquella época, México vivía el auge del narcotráfico, que convirtió a la frontera en uno de los principales sitios para el paso de cocaína hacia los Estados Unidos, dando pie al surgimiento de bandas y carteles que empezaron a manejar altas sumas de dinero.

Al ver lo que estaba sucediendo, Constanzo decidió abandonar la ciudad junto con sus seguidores y establecerse en una hacienda llamada Santa Helena, en el estado de Tamaulipas, a pocos kilómetros del límite fronterizo; allí empezó a traficar marihuana, utilizando a sus adeptos como mensajeros y contrabandistas.

Aunque el negocio lo estaba volviendo rico, Santa Helena se convirtió en un infierno, donde sacrificó a docenas de personas en medio de liturgias en las que mezclaba elementos del palo mayombe con rituales de sacrificio azteca.

La mayoría de las víctimas fueron hombres jóvenes que eran llevados bajo engaño hasta el lugar o que eran secuestrados en los alrededores de la ciudad y luego eran preparados dándoles tranquilizantes mezclados con alcohol, para después cubrirlos con sangre de chivo y cabello humano.

Enseguida, se les ponía de pie sobre un gran caldero lleno de fragmentos humanos y se les hacían pequeños cortes para que se desangraran lentamente. Luego Constanzo o sus secuaces los degollaban con un machete y tomaban del caldo de la olla, para después fabricar amuletos con los huesos de las víctimas.

La mayoría de los rituales eran pagados por los narcotraficantes de la zona, que le entregaban grandes sumas de dinero para asegurar que su mercancía pasara al otro lado sin que fuera descubierta. Aunque el mayombero se convirtió en millonario, e incluso llegó a darse el lujo de adornar su casa de Monterrey con cuadros franceses y porcelana italiana, sus anhelos de poder lo llevarían a cometer un error que acabaría con su carrera.

Con el fin de ganar una fuerte suma de dinero, Adolfo aseguraba que podía hacer invisible e invulnerable a las balas a cualquier delincuente, si confeccionaban una "ganga" o caldero mágico con la sangre y los cerebros de hombres de raza blanca, pues supuestamente sus almas podían comunicarse más fácilmente con otras personas de su misma etnia e idioma, controlando de esta manera a los policías estadounidenses que cuidaban la frontera.

Con el fin de encontrar una víctima, Sergio Martínez Salinas, un miembro de la secta, se dirigió hasta la ciudad de Matamoros para registrar los parques y las calles en búsqueda de una persona que cumpliera las características que le había solicitado Constanzo: joven, rubio y atlético.

Fue así como halló a Mark Kilroy, un estudiante de la Universidad de Texas que estaba de vacaciones y cuyos amigos completamente ebrios lo habían abandonado el tiempo suficiente para que Martínez lo empujara adentro de una camioneta y lo llevara hasta el rancho Santa Helena.

Al día siguiente sus amigos empezaron a preocuparse luego de que lo buscaron por la ciudad y no encontraron ningún rastro de su presencia; llamaron a sus padres que vivían en Santa Fe, California, y les informaron que su hijo se había perdido en México.

Esa misma noche Mark fue drogado y obligado a arrodillarse sobre una lona blanca en el centro del salón de la secta, en donde lo degollaron utilizando un machete. Enseguida le extrajeron el cerebro y lo depositaron en el caldero junto con la sangre del chico, luego le quitaron la columna vertebral, con la que fabricaron collares y amuletos para protegerse de las "malas energías".

Lo que no sabían los asesinos era que Mark Kilroy estaba emparentado con un senador, quien llamó al presidente George Bush para pedirle ayuda. Esto produjo una fuerte presión sobre la Policía mexicana, que redobló su búsqueda.

Por esa misma época, un miembro de la secta que se llamaba David Serna Valdez, quien era conocido como "La coqueta", se enfrentó con una patrulla de la Policía, presumiendo de que podía hacerse invisible e invulnerable a las balas, lo que pareció sospechoso a varios detectives que se encontraban en el lugar y que le mostraron un par de fotografías de Mark Kilroy, a quien identificó de inmediato.

Con el apoyo de la Policía Federal, los agentes rastrearon los números de teléfono de algunos de los miembros de la secta que tenían relación con "La coqueta", y así capturaron a tres de ellos, que confesaron el asesinato relatando los detalles del crimen. Consternados, los policías llegaron hasta el rancho, en donde capturaron a la mayoría de la banda y encontraron trece cuerpos humanos descuartizados y parcialmente cocinados.

Dentro del salón principal hallaron una cabra ensartada en un tridente, varias cabezas de pollo y estatuas con motivos aztecas a lo largo de un altar, que estaba adornado con figurinas de santos populares y la Virgen de Guadalupe, cuya base estaba manchada de sangre, ceniza de tabaco, ron y hojas de marihuana, por lo que se les bautizó como los "narcosatánicos".

La crudeza de los crímenes escandalizó a los estadounidenses, que presionaron al Gobierno mexicano para capturar a todos los implicados. Desesperados, Constanzo y Aldrete huyeron del lugar y se refugiaron en un apartamento de la Colonia Roma, en la capital mexicana.

El 6 de mayo de 1989, un grupo de policías llegó hasta su escondite. Al darse cuenta del operativo, Sara Aldrete se asomó por una ventana gritando que la tenían secuestrada, y así darle tiempo al narcosatánico para que ejecutara algún rito que pudiera salvarlos.

Sin embargo, sus poderes mágicos fallaron y Adolfo, que solo tenía veintiséis años, se encerró en un armario con Martín Quintana, uno de sus amantes, y le pidió a su guardaespaldas, Álvaro Valdés, quien era conocido como el "Dubi", que les descargara hasta el último cartucho de su fusil AK-47.

El hombre no dudó un segundo, levantó el arma contra la pareja y los acribilló, para luego entregarse a la Policía; les dijo que había cumplido el último deseo de su patrón, a quien nunca podrían capturar y que volvería en cualquier momento gracias a sus capacidades sobrenaturales.

Una vez apresada, Sara Aldrete fue extraditada a los Estados Unidos, en donde se le sometió a un juicio que captó la atención de todo el país, y en el que fue condenada a cadena perpetua por el homicidio de Mark Kilroy, a pesar de que desde entonces se ha declarado inocente, argumentando que es una víctima más de las acciones de Constanzo.

Al final, los supuestos poderes de este mago negro no le sirvieron para escapar de las autoridades, y así quedó claro que sus rituales eran un complejo universo de engaños que causaron la muerte a personas inocentes y que cayeron víctimas de sus seguidores.

DÁMASO RODRÍGUEZ, EL BRUJO ASESINO

Dámaso Rodríguez Martín fue un asesino en serie español que nació el 11 de diciembre de 1944, en las montañas del Batán, en Tenerife. Su familia estaba conformada por Martín Rodríguez Siverio, Celestina

Martín y cuatro hermanos, que crecieron en medio de la pobreza y las limitaciones de la vida del campo. A pesar de que sus padres se esmeraban para que ingresara en la universidad, Dámaso solo estaba interesado en el crimen, y se dedicaba a ingresar en las casas de sus vecinos para robarse cualquier objeto. Fue capturado cuando tenía diecisiete años y sentenciado a un año de cárcel, el 15 de enero de 1962.

Una vez liberado, se enfrentó al rechazo de sus vecinos y conocidos, por lo cual se enlistó en el Ejército, donde fue reconocido por su disciplina y estado físico. Allí fue ascendido a cabo y enviado al norte de África.

A pesar de su éxito en la milicia, fue licenciado luego de cuatro años por razones que todavía no son claras y regresó a su pueblo, donde conoció, en 1967, a una joven llamada Mercedes Martín Rodríguez, con la cual se casó y se instaló en un lugar conocido como El peladero, y allí, después de conformar una familia, empezó a recuperar el respeto de sus vecinos.

Sin embargo, Dámaso ocultaba sus más profundos deseos, pues tenía por costumbre ausentarse de su casa sin explicación, para espiar a las parejas de amantes que solían parquear sus automóviles a la vera de la carretera para mantener relaciones sexuales. A medida que el tiempo fue pasando, no pudo contener sus impulsos y cometió su primer crimen violento cuando espiaba a una pareja que tenía sexo en el interior de un vehículo en un lugar conocido como El moquinal, en la noche del 8 de noviembre de 1981.

Arrebatado por sus impulsos, se acercó al automóvil y abrió fuego contra el hombre, perforándole el corazón y causándole la muerte de forma instantánea. Enseguida rompió el vidrio trasero del auto, por donde sacó a la mujer y la arrastró del cabello hasta una montaña, la golpeó con una roca en la cabeza y la violó, al mismo tiempo que le gritaba que había matado a su novio.

Luego la llevó hasta el carro, le prendió fuego y la dejó abandonada un par de kilómetros más adelante, convencido de que estaba agonizante. Sin embargo, la muchacha fue encontrada por una familia que la condujo hasta un hospital. Recobró el conocimiento y lo denunció ante la Policía, que lo detuvo tres días después mientras almorzaba en su domicilio.

Rodríguez fue enjuiciado y condenado a treinta años de prisión por el delito de asesinato; se transformó en un reo solitario que evitaba recibir las visitas de sus padres y su esposa, y que empezó a aficionarse por los temas ocultistas y paranormales leyendo revistas, libros y viendo programas de televisión a los que tenía acceso.

A las pocas personas con las que dialogaba les manifestaba no sentir ningún remordimiento por sus actos, pero sí la necesidad de escapar, pues estaba desesperado por el cautiverio.

Logró su objetivo el 19 de enero de 1991, cuando consiguió que le concedieran un permiso para salir de la cárcel, que aprovechó para escapar y robarse una escopeta que utilizaba su padre para cazar pájaros.

Al día siguiente apareció el cadáver de Marta Küpper, una mujer alemana de ochenta y siete años que presentaba signos de estrangulamiento y violación, y cuyo esposo, Karl Flick, de ochenta y dos años, fue encontrado muerto en medio de una montaña con varios tiros en el rostro.

La noticia escandalizó a la población, tanto así que el carnaval de Tenerife que se desarrollaba por aquellos días estuvo impregnado de miedo y terror, pues se decía que el asesino se mimetizaba entre los participantes utilizando un antifaz para no ser reconocido y seleccionar a sus víctimas.

No obstante, Rodríguez estaba lejos de la ciudad, se había internado en las montañas y refugiado en una casa abandonada, donde supuestamente celebró una serie de ritos inexplicables que dejaron las paredes marcadas con símbolos y cifras misteriosas.

Al mismo tiempo, los habitantes de la zona empezaron a llamarlo "El brujo", pues aseguraban que aparecía y desaparecía por arte de magia entre los montes y que robaba casas, sin abrir las puertas o forzar las cerraduras.

Este tipo de leyendas, en las cuales los delincuentes poseen poderes mágicos, existen desde tiempos inmemorables y surgen cuando una sociedad intenta explicar la sagacidad que adquieren estos sujetos para evitar ser capturados.

Se trata de mitos que se extienden en casi todas las culturas y que relacionan la magia con el poder de ocultarse y burlar a las autoridades, como los bandoleros colombianos de los años cuarenta, de quienes se creía que podían transmutarse en una mata de plátano o en un perro negro.

Sin embargo, los supuestos poderes del brujo se verían en entredicho, cuando el 19 de febrero de 1991 los dueños de una casa llamaron a la Policía porque su puerta estaba forzada y había alguien adentro. De inmediato, algunos agentes intentaron entrar en la propiedad, pero fueron recibidos con disparos; entonces llamaron refuerzos que rodearon la propiedad. Desesperado y sin posibilidad de escapar, Dámaso tomó su escopeta y se pegó un tiro en la boca: falleció de forma instantánea.

Según el investigador Tomás Afonso, quien escribió un libro sobre su caso, Rodríguez era un hombre violento, adicto a las drogas y que había desarrollado una personalidad sádica, en la cual la violencia sexual era el detonante de sus crímenes.

El caso del brujo nos muestra otra dimensión de los criminales llamados hechiceros o magos, que se cree poseen poderes mágicos, cuando en realidad carecen de ellos, pero que desbordan la imaginación popular como un mecanismo de mitificación, que se les adjudican a narcotraficantes como Pablo Escobar y Joaquín "El Chapo" Guzmán.

DIONATHAN BEZERRA STIFLERS, EL "MANIACO DE LA CRUZ"

Aunque en la actualidad la gran mayoría de quienes albergan creencias religiosas lo hacen bajo las pautas de sus iglesias, algunos se apartan de los dogmas y construyen su propio universo de hechicería, en el cual toman relevancia los sacrificios.

Estas manifestaciones culturales han sido estudiadas por antropólogos como Claude Lévi-Strauss y Alberto Cardín, quienes afirman que su ejecución en las civilizaciones más antiguas se realiza utilizando seres vivos, generalmente animales o incluso hombres que son escogidos cuidadosamente, de acuerdo con determinadas características.

Se trata de un estricto ritual, en el cual la víctima es sacrificada para la celebración de un pacto sagrado, estableciendo una comunión con la divinidad para recibir los favores de dioses o deidades, sin importar que sean positivos o negativos. Algunos cultos satánicos occidentales han adoptado este tipo de liturgias durante los últimos años para contactarse con entidades demoníacas, o con el mismo Satanás, según sus creencias.

Estas acciones han sido caricaturizadas y popularizadas por la industria cultural y los medios de comunicación, creando el caldo de cultivo para que personas confundidas o que sufren de problemas mentales asesinen y maten a inocentes convencidos de que obtendrán dones o poderes mediante sus acciones.

Dionathan Bezerra Stiflers, un brasileño nacido en 1992, en el estado de Mato Grosso del Sur, fue uno de ellos. Creció en medio de una familia que no le prestaba atención y lo dejaba solo por largos periodos. En el colegio, Dionathan era una persona aislada que empezó a aficionarse al death metal y la cultura gótica; al mismo tiempo que se obsesionó por páginas de Internet dedicadas a la hechicería y los cultos demoníacos, así como a Orkut, una red social creada por Google en 2004 y que estuvo activa hasta el 2014.

Orkut estaba diseñada para que sus integrantes contactaran únicamente a sus conocidos más cercanos y desarrollaran relaciones comerciales o amistades íntimas, por lo cual el límite de contactos eran novecientos noventa y nueve suscriptores, número que tomó Bezerra como un designio mágico pues al ser invertido tomaba la formaba del dígito que según el Apocalipsis de san Juan guarda el nombre del anticristo: el famoso 666.

Llevado por el misticismo, Dionathan se dejó crecer el cabello, empezó a vestirse de negro y compró docenas de amuletos que se colgaba y exhibían símbolos arcanos como el pentagrama invertido o el baphomet. Su familia no se preocupó por el asunto, pues estaban seguros de que hacía parte de alguna tribu urbana relacionada con la ropa negra o el metal. Sin embargo, el joven casi no tenía amigos y empezó a practicar rituales de necromancia que descargaba de Internet.

En su perfil de Orkut empezó a publicar fotografías donde simulaba cortarse con dagas que tenían dibujados símbolos arcanos o imágenes de cementerios, en los cuales esperaba despertar poderes ocultos para cumplir sus más profundos deseos. Al ver que muchas de sus peticiones aparentemente se cumplían, comenzó a ambicionar fuerzas más poderosas. Entonces elaboró un plan para suministrar ofrendas humanas tanto a Dios como al demonio. Durante las siguientes semanas abordó a desconocidos en lugares en las afueras de la población para entrevistarlos con la finalidad de saber si eran "sacrificables", buscando en ellos cualquier señal divina que le pudiera indicar que su muerte sería del agrado de Jesucristo y del demonio.

En una de esas búsquedas, el 24 de julio de 2008, se encontró con el albañil Catalino Cardena, que caminaba en solitario por un terreno baldío; le preguntó si creía en Dios y cuántos años tenía; este respondió que sí y que había cumplido treinta y tres años. Para Dionathan era el sacrificio perfecto pues tenía la misma edad en la que murió Jesús de Nazaret, por lo cual se le fue encima esgrimiendo una daga, le perforó el corazón y arrastró su cuerpo hasta una casona abandonada donde le colocó una bolsa de basura en la cabeza para que se asfixiara. Realizó una invocación hasta que dejó de respirar, y luego juntó sus pies, extendiéndole los brazos para que formaran una cruz. Acto seguido, tomó un cuchillo y le escribió la sigla INRI en el pecho, que traduce "Rey de los judíos".

Exactamente un mes después, el 24 de agosto de 2008, interceptó a Leticia das Neves de Oliveira, de veintidós años, quien vivía cerca del cementerio y había quedado de encontrarse con unos amigos pasada la medianoche. Dionathan se aprestaba a celebrar el aniversario de su primer crimen. El asesino se acercó a la joven e intentó hablarle; ella respondió que estaba de afán, dándole el tiempo suficiente a Dionathan para que se diera cuenta de que tenía un crucifijo tatuado en el pecho, lo que él consideró un mensaje sobrenatural.

Amenazó a Leticia con un cuchillo y la llevó hasta el cementerio, donde la obligó a quitarse la ropa, exceptuando las medias, luego le puso una bolsa plástica en la cabeza y la asfixió. Al día siguiente, el cadáver fue hallado sobre una de las tumbas más antiguas en posición de cruz, lo cual alarmó a las autoridades, que empezaron a sospechar de la aparición de un asesino en serie.

El pánico se expandió por la región y las autoridades aconsejaban a los ciudadanos que evitaran hablar con extraños y caminar por zonas despobladas. Al mismo tiempo, las imágenes de los cuerpos se divulgaron por Internet, y la prensa y el público llamaron al asesino el "Maniaco de la Cruz".

El temor generalizado no impidió que la gente fuera a las ferias del pueblo, en donde Bezerra abordó a una chica llamada Carla, quien llevaba puesta una larga falda y le contó que no tenía novio y era virgen; entonces el maniaco le dijo: "Debes ser muy amada por tu familia —para luego alejarse gritándole—: eres ingenua, salí a matar a una perra y te encontré; ahora eres libre".

Este tipo de comportamiento muestra que el maniaco había establecido un patrón, sustentado en tipologías específicas que lo impulsaban a cometer sus crímenes, sin las cuales quedaba bloqueado e inhibía su ímpetu homicida.

A pesar de ello, volvió a actuar el 7 de octubre de 2008, cuando llevó a Gleice Kelly da Silva, una niña de trece años, hasta una casa en construcción en donde le quitó la ropa y la estranguló, dejando el cuerpo en forma de cruz y dispersando docenas de hojas que formaban la palabra "Infierno".

Poco a poco, los habitantes de la pequeña población de Río Brillante entraron en pánico; no salían en la noche y vigilaban a sus hijos constantemente, luego de que se esparció el rumor de que se había encontrado una lista junto a los cadáveres, que contenía los nombres de quienes serían asesinados, lo cual fue negado por la Policía.

Debido al impacto que tenían los crímenes sobre la población, fue enviado a la zona un grupo de agentes especializados del Servicio de Investigación General de Brasil (SIG), quienes analizaron las evidencias y llegaron a la conclusión de que se enfrentaban a una secta satánica.

A partir de ese momento dedicaron sus esfuerzos a rastrear los grupos de jóvenes que estaban vinculados con este tipo de creencias y a revisar los principales grupos de redes sociales en los cuales se mencionaban los crímenes, pero no pudieron establecer ninguna conexión; se dedicaron a vigilar las calles de la pequeña población de veintisiete mil habitantes.

Los días fueron pasando, acrecentando el temor de que un nuevo ataque se produjera hasta que uno de los analistas descubrió un mensaje inexplicable en el perfil de Orkut de Gleice Kelly: "Los muertos no reciben mensajes de sus pacientes", que había sido posteado por un perfil anónimo que se identificaba como Doghell-666 (perro del infierno 666).

Con apoyo de otros investigadores se rastreó la cuenta y se descubrió que sus publicaciones e interacciones se relacionaban con el perfil que buscaban, pues contenían mensajes como "El cementerio es mi segunda casa, no le tengo miedo a Dios, adoro los cadáveres o necrofilia".

Con esta información organizaron un equipo especial y entraron a su casa en la madrugada del 9 de noviembre de 2008, encontrándolo acostado en su habitación, donde hallaron un cuchillo manchado con la sangre de su primera víctima, una blusa de Kelly y varias pulseras de Leticia de Oliveira encima de varias revistas pornográficas. La investigación determinó que Dionathan Bezerra era el único culpable y que no tenía cómplices.

Igualmente se descubrió que casi no tenía amigos y se comunicaba exclusivamente a través de Internet, donde tenía una novia virtual de nombre Daniela, con la cual compartía sus fantasías y creencias sobrenaturales, a pesar de que nunca se encontraron físicamente.

Aunque sus crímenes fueron horrendos, el "Maniaco de la Cruz" no pudo ser juzgado por el sistema ordinario de justicia al ser menor de edad, por lo cual recibió atención psiquiátrica, fue diagnosticado como esquizofrénico y condenado a tres años de tratamiento médico.

Sin embargo, debido a la crudeza de sus actos, los jueces aplicaron una medida preventiva para evitar que saliera de prisión en 2012. El 3 de marzo de 2013, se fugó del reformatorio de Mitai, en la población de Ponta Pora.

Alarmadas, las autoridades establecieron un perímetro de seguridad con el fin de recapturarlo, pero no tuvieron éxito. Al saber la noticia, los habitantes de la zona entraron en pánico y se quejaron por los medios de comunicación, solicitando protección para sus hijos. Fueron dos meses de miedo y zozobra, que terminaron cuando el maniaco fue capturado en un hotel en la ciudad de Horqueta, Paraguay, a donde había llegado diciendo que era un estudiante y quería aprender español. Allí fue identificado por uno de los empleados del albergue que había visto su foto en un programa de televisión.

En la actualidad, el "Maniaco de la Cruz" continúa preso en una cárcel de mediana seguridad esperando una sentencia definitiva por sus asesinatos, que justificó con las siguientes palabras: "Puse a los impuros en posición de crucifixión para que cumplieran con su Dios y la salvación les llegara pronto".

UNA REFLEXIÓN FINAL

A pesar de que vivimos en un mundo dominado por la tecnología y la ciencia, las creencias mágicas siguen vigentes, como pudimos analizar en las páginas anteriores, en las cuales recorrimos algunas de las leyendas más antiguas de la historia. Actualmente, a través de series de televisión y películas del género fantástico, se proyectan nuestros sueños de volar, hacernos invisibles y transformar la realidad a través de encantamientos y hechizos.

Tal vez por ello son tan atractivos personajes como Gandalf, Harry Potter, el Mago de Oz o Howl, de *El castillo vagabundo* del director japonés Hayao Miyazaki. Series que facturan millones de dólares al año a través de un mercadeo global, a pesar de existir solo en nuestra imaginación. Igualmente, muchas personas desean entrar en contacto con la magia, por lo cual buscan consejo en los chamanes amazónicos, con quienes llegan a estados alterados de conciencia gracias al uso de plantas alucinógenas como la ayahuasca y el yopo.

De la misma manera, algunos utilizan este tipo de búsquedas espirituales para estafar y violar, como el pastor brasileño Valdeci Sobrino Picanto, quien abusó de doce mujeres con la excusa de que había tenido un encuentro con Jesús en un burdel y este le había dado la misión de santificar el mundo, por lo cual tenían que hacerle sexo oral para "difundir su leche sagrada".

Es así como las fronteras entre la imaginación y la realidad tienden a fundirse en el interior de la práctica mágica, que no está tan lejos de nosotros y que utilizamos a diario para escapar de un mundo que en ocasiones nos resulta cruel e incomprensible.

APUNTES FINALES

Aunque siempre que uno termina un libro como este siente una enorme satisfacción, estoy seguro de que usted debe experimentar la misma sensación que me recorre el cuerpo en estos momentos, al recordar los terribles casos que han ilustrado las páginas anteriores y que demuestran que los monstruos que adoramos en el cine y la televisión tienen origen en nuestra propia naturaleza.

A través de la historia, millones de seres humanos proyectaron sus defectos y virtudes en seres arquetípicos y dioses que dieron sentido al cosmos, mucho antes de que nacieran Galileo y Einstein. Mitos que hablaban de cíclopes, sirenas, centauros y esfinges, criaturas que encendieron la imaginación de generaciones que se maravillaron con sus formas, proezas y crueldades. Tal vez por eso, todavía nos emocionamos cuando vemos al Kraken en *Furia de titanes* o a Edward el vampiro de la saga *Crepúsculo*.

Sin embargo, algunos avispados han podido obtener mayores recursos que Hollywood con menor inversión. En 1842 se dio a conocer una noticia que cambiaría la historia del mundo cuando Levi Lyman presentó en Nueva York los restos de una sirena que había sido capturada y disecada en las lejanas islas Fiyi.

Debido a la importancia del descubrimiento, miles de personas se agolparon a las afueras de la carpa de circo y pagaron considerables sumas de dinero, hasta que una mujer elegante y rica quedó impresionada por su horrenda figura y la consideró fraudulenta, pues no era tan bella como las que aparecían en las películas.

Su opinión causó una gran controversia y un grupo de reporteros descubrió que se trataba de un mono disecado cosido con hilo a una cola de salmón deshidratada y que había sido comprada por Lyman a un vendedor de baratijas por algunos centavos.

A pesar de la sagacidad de los reporteros, para cuando se publicó la noticia, la carpa había desaparecido, y con ella, miles de dólares que se embolsillaron los estafadores que años más tarde intentarían convencer a varios campesinos de que habían encontrado los huesos de un gigante en una excavación en el norte de los Estados Unidos.

Pero si esto nos parece lejano y distante, el canal Discovery Channel ha emitido desde el 2014 un falso documental llamado *Sirenas*, en el cual se afirma que las sirenas existen y que sus sonidos fueron captados por el Gobierno de los Estados Unidos, que tiene conocimiento de que viven junto a los delfines y las ballenas, lo que causa tanta conmoción en los televidentes que el rating se dispara cada vez que es presentado al aire.

Tal vez por ese tipo de fascinación es que usted escogió leer este texto, pues, aunque los casos que relatamos en este libro son en su mayoría reales, resultan incompresibles para la mayoría de nosotros, que seríamos incapaces de comernos a nuestras amantes de forma literal o de asesinar a personas para hacernos unas tirantes, como el fatídico papá Denke, del que usted no debe tener gratos recuerdos.

No, nunca realizaríamos tales acciones, ni lo consideraríamos, y es por ello que llamamos a estos criminales monstruos, bestias, vampiros o brujos asesinos.

Este tipo de alias muestran nuestra tendencia a deshumanizar a estos criminales que causaron pena y dolor a familias de inocentes, para separarlos de nuestra cotidianidad. Como si no existieran y vivieran en universos paralelos como Narnia o Namekusei. Sin embargo, y como hemos visto a lo largo de este libro, los monstruos existen y pueden ser nuestros vecinos, familiares o compañeros de trabajo, ocultándonos sus deseos de matar y beber sangre, o que albergan oscuras creencias en sacrificios y rituales sangrientos. En resumidas cuentas, hemos dado la categoría de criaturas fantásticas a humanos tan malignos que no podemos llegar a comprender y que pueden estar en este momento a su lado…

OBRAS SUGERIDAS

Señor lector, si está interesado en la temática tratada en este trabajo, no dude en consultar los siguientes libros, que me sirvieron de referencia durante la realización de esta investigación:

Abrahamsen, D. (1978). *La mente asesina*. México: Fondo de Cultura Económica.

Alonso, L. E. (1998). *La mirada cualitativa en Sociología. Una aproximación interpretativa*. Madrid: Fundamentos.

Alvarado, S. (2005). *Retrato de un caníbal. Los asesinatos de Dorancel Vargas Gómez*. Caracas: Editorial Random House Mondadori, Debate.

Burke, P. (2001). *Visto y no visto. El uso de la imagen como documento histórico*. Barcelona: Crítica.

Castellanos, S. (2009). *Diosas, brujas y vampiresas*. Bogotá: Norma.

Cruz N., E. (2013). *Los monstruos en Colombia sí existen*. Bogotá: Penguin Random House.

Egger, S. (2000). *Mind Hunter: Inside the FBI's Elite Serial Crime Unit*. Nueva York: Pocket Books.

Freud, S. (1973). *Obras completas* (3ª ed.). Madrid: Biblioteca Nueva.

Geertz, C. (1987). *La interpretación de las culturas.* Madrid: Gedisa Editores.

Giménez A. (1994). *La neutralización de la víctima y el interés socializado de las víctimas.* Eguzkilore: Cuaderno del Instituto Vasco de Criminología.

Homant, R. y Kennedy, D. (1998). *Criminal justice and behavior.* Thousand Oaks, CA: Sage.

Pombo, G. (2009) *Asesinos seriales: flagelo de la humanidad.* Montevideo.

Ressler, R. y Shachtman, T. (1994). *Whoever Fights Monsters.* Nueva York: St. Martins Mass Market Paper.

«Para viajar lejos no hay mejor nave que un libro.»

Emily Dickinson

Gracias por tu lectura de este libro.

En **Penguinlibros.club** encontrarás las mejores
recomendaciones de lectura.

Únete a nuestra comunidad y viaja con nosotros.

Penguinlibros.club

Penguin
Random House
Grupo Editorial

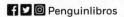 Penguinlibros